The Special Kuri-kinton Case

상

秋期限定
栗きんとん
事件

SHUKI GENTEI KURI-KINTON JIKEN
(THE SPECIAL KURI-KINTON CASE)

by Honobu YONEZAWA

Copyright ⓒ 2009 by Honobu YONEZAWA
First published in Japan in 2009 by TOKYO SOGENSHA CO., LTD.
Korean translation rights arranged with TOKYO SOGENSHA CO., LTD.
through Shinwon Agency Co.

요네자와 호노부

The Special Kuri-kinton Case

秋期限定
栗きんとん
事件

가을철
한정
구리킨톤
사건

상

김선영 옮김

엘릭시르

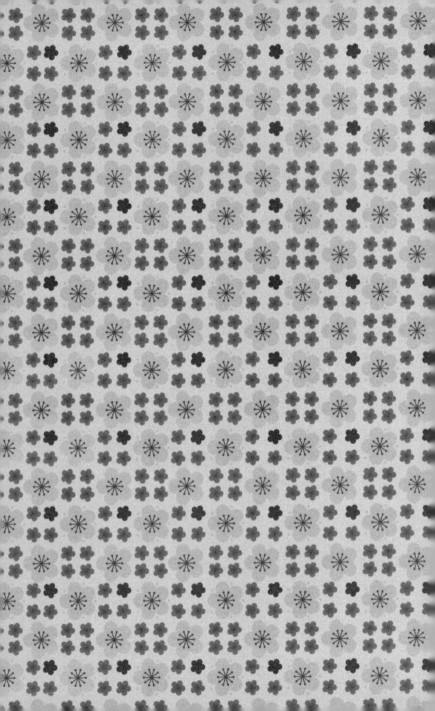

The Special
Kuri-kinton
Case

차

례

제 1 장 뜻밖의 가을   007

제 2 장 따뜻한 겨울   041

제 3 장 방황하는 봄   147

제 1 장 / 뜻밖의 가을

1

약속 시간까지 도서실에서 책을 읽고 있었다.

고등학생이 된 후로는 도서실에 발길이 뜸했다. 독서가는 아니지만 도서실에 자주 드나들면 남들 눈에 독서가로 보일 것이다. 악인을 흉내낸답시고 사람을 죽이면 그 또한 악인이 요, 흉내일지언정 현명한 이에게 배운다면 그 역시 현인이라 불러야 마땅하리라. 나는 독서가 흉내도, 악인 흉내도, 현인 흉내도 내지 않는다. 그렇게 부정을 켜켜이 쌓은 끝에 보이는 숭고한 모습이야말로 내가 진정 바라는 '소시민'이다.

슬슬 나갈까. 벽시계를 보고 자리에서 일어났다. 손에 들고 있던 소설책을 선반에 돌려놓을 때, 블라인드 틈새로 쏟아지 는 붉은빛이 보였다. 여름방학이 끝나니 해도 짧아졌다. 벌써 날이 저물어간다. 일 년에 몇 번쯤 이런 순간이 있다. 눈이 따가울 정도로 오싹하게 붉은 저녁노을이 드리우는 날이.

복도를 가득채운 붉은색은 좁고 긴 학교 건물을 구석구석 비추고 있다. 나는 그 복도를 걸어갔다. 주머니 속에 든 종잇조각을 의식하면서.

교실, 어느 틈엔가 내 책상 속에 들어 있던 종잇조각. 방과 후 교실에서 만나자는 편지였다. 누가 보냈는지 모른다. 목적도. 내게 보낸 게 맞는지조차 불확실하다. 무시할 수도 있지만 모처럼 불러줬으니 쭈뼛쭈뼛 고개를 내밀어보는 것도 소시민의 덕목이 아닐까 싶었다.

하교 시간이 얼마 남지 않아 복도에는 학생들이 거의 없었다. 2학년이 된 지 다섯 달. 9월에 접어들자 기온이야 어쨌든 기분만큼은 가을이었다.

학교도 이만큼 오래 다니다 보면 싫어도 아는 얼굴이 늘어난다. 방금 지나친 남학생도 자주 본 얼굴이다. 분명 학생회 소속이거나, 그도 아니면 어느 동아리에서 우수한 성적을 거두었거나. 요컨대 얼굴은 알지만 누군지는 기억하지 못한다. 물론 이름도 모른다. 상대방은 나를 모를 것이다. 그렇기 때문에 아무 일 없이 스쳐지나간다. 어디까지나 서로에게 존재하지 않는 사람들처럼.

오랜 시행착오를 통해 몸에 익힌 의례적 무관심도 이제는 태가 난다. 학교에서 나는 '그러고 보니 그런 애도 있었지'라는 말을 듣는, 그런 존재가 되었다고 자부한다. 있어도 어색하지 않고, 없어도 어색하지 않다.

그런 나를 불러내다니 무슨 영문일까.

주머니에서 종잇조각을 꺼냈다.

처음에 보았을 때는 노트 쪼가리인 줄 알았는데 아무래도 아닌 것 같다. 한쪽에 자르는 선이 있어 깔끔하게 떼어낼 수 있도록 만든 메모장의 한 페이지였다. 나를 불러낸 인물은 메모장을 들고 다니는 성격인 모양이다.

히라가나로 적혀 있는 메시지는 짧았다.

방과후 5시 반에 혼자 교실로 오세요. 기다리겠습니다.

결코 달필이라 할 수는 없지만 특이한 버릇이 있는 글씨도 아니었다. 필적은 남자 같기도 하고 여자 같기도 해 성별이 짐작 가지 않는다. 색은 파랑. 수성펜으로 썼다. 연약한 느낌이 드는 글씨지만 인상만으로 따진다면 섬세한 성격의 남자가 쓴 것 같다.

문장으로 알 수 있는 점도 몇 가지 있다.

"교실로 오라"고 했는데, 후나도 고등학교의 교실은 수십 개나 된다. 그런데 '어느 교실'인지 지정하지 않은 것은 당연히 내가 소속된 2학년 반 교실을 의미하기 때문이다. "방과후"라고만 적어놓고 몇 월 며칠 방과후라고 적지 않은 것은 당연히 오늘 방과후를 의미하기 때문이다.

가령 보낸 사람이 2학년 B반 학생이라면 'B반 교실이 아니라'라는 의미를 담아 'A반 교실로 와라' 혹은 '이 교실로 와라'라고 썼을 것이다. 또한 오늘 안에 메모가 내 손에 들어갈지 확인하기 어려우니 날짜도 썼으리라.

따라서 나를 불러낸 사람은 같은 반의 누군가라는 뜻이 된다.

불그스름한 복도 맞은편에서 남학생이 다가왔다. 이번에는 서로 아는 상대였다. 1학년, 2학년, 연속으로 같은 반이었다. 소탈한 성격이라 누구에게나 허물없이 대하고, 학급 단위로 참가하는 행사가 있을 때는 내게도 살갑게 말을 걸어주었다. 나도 흔쾌히 대답해 그의 후의에 응했다. 그리고 지금, 우리는 시선조차 건네지 않고 스쳐지나간다. 나는 그의 이름을 기억하지 못한다. 이와야마였나 이와테였나, '이와'가 들어가는 건 확실한데.

손안의 종잇조각에 다시 시선을 떨어뜨렸다.

짧은 문장이지만 제법 개성적이다. 의도적으로 "혼자"와 "기다리겠습니다"를 히라가나로 적었다면 나쁘지 않은 발상이다. 상대를 불러내는 데서 오는 강압적인 인상을 누그러뜨린다. 한자에 의존하지 않고 히라가나를 썼다는 것은 어쩌면 손글씨에 익숙한 사람이기 때문일지도 모른다.

가장 마음에 걸리는 점은 "혼자"라는 부분이다. 혼자 오라니, 목적이 뭘까?

남의 눈을 반드시 피하고 싶다는 뜻은 아닐 것이다. 비록 내가 혼자 찾아간다 해도, 정말 남의 눈을 피하고 싶다면 방과후 교실은 너무나 부적합한 장소다. 뒤가 켕기거나, 이야기 내용은 물론이요 만난다는 사실조차 숨겨야 할 회합은 어디든 학교 밖에서 하는 게 타당하다.

그렇다. 중학교 시절에도 '혼자 오라'는 내용의 메모를 받은 적이 있었다.

생각만 해도 끔찍하지만, 당시 나는 타인의 문제에 자주 끼어들었고 나라면 해결할 수 있다고 믿었다. 그런 문제들에 얽혀 나는 몇 번인가 호출을 받았다. 소환장에는 대개 '혼자 오라'고 적혀 있었는데, 정말 혼자 간 적은 거의 없었다. 한번은 망한 볼링장의 주차장으로 불려 나간 적도 있다. 평소에도 멀리하는 장소. 뭐, 만일의 경우를 생각하면 조심하는 게

상책이다.

하지만 그것도 다 지나간 일. 지금은 짐작 가는 구석이 전혀 없다. 때문에 이렇게 짧은 문장에 이토록 당황하고 있다.

나, 고바토 조고로는 어디에 내놓아도 부끄럽지 않은 일개 소시민에 불과하다. 학급에 융화되어 웃음을 뿌리지만, 상대의 이름 하나 기억하지 못하는 평범한 후나도 고등학교 2학년.

그런 나를 대체 무슨 이유로 불러낸 걸까?

이유를 추측할 단서를 찾아 나는 종잇조각을 만지작거리고 있다. 익명의 아무개가 불러낸다고, 정체도 모르고 털레털레 찾아가는 건 아무래도 꺼림칙하다. 그렇지만 한 장의 종잇조각에서 읽어낼 수 있는 정보는 그리 많지 않다. 결국 현장 승부다. 뭐, 설마 학교에서 기습을 당하지는 않겠지.

저녁노을이 빛을 조금 잃었다. 붉은빛에 어느새 밤의 기운이 숨어들었다. 앞쪽에 여학생이 한 명 보였다. 이번에도 아는 얼굴이다. 고등학교에 입학한 뒤로 그녀와 같은 반이 된 적은 한 번도 없다. 내가 볼 때 그럭저럭 사교적이고, 그럭저럭 친구도 많은 편이다. 후배는커녕 중학생, 자칫하면 초등학생처럼 보이기도 하지만 어엿한 동급생이다.

물론, 시선도 건네지 않고 스쳐지나간다.

이름은 알고 있다. 오사나이 유키. 소시민이 목표라고 주장하는, 거짓말쟁이 소녀다.

2

토론은 일찌감치 막다른 길에 막혀 제자리에서 맴돌고 있
었다. 같은 제안과 같은 거부가 말만 바꾸어 맴을 돈다. 이
영양가 없는 응수를 타개할 방법이 무엇인지 알고 있다. 내가
상대의 설득을 받아들여 입을 다물면 그만이다. 하지만 도저
히 포기할 수가 없다. 어째서 이해를 못 하는지 울컥하면서도
다시 한번 말했다.

"제 말이 그렇게 이상해요? 신문에도 실렸던 이야기고, 알
사람은 다 알아요. 그걸 실으면 왜 안 된다는 거예요?"

"진정해, 우리노."

도지마 부장은 팔짱을 낀 채로 나를 쳐다보았다. 각진 얼
굴에 어깨도 떡 벌어져 험상궂게 생긴 부장이 팔짱을 단단히

끼자 두꺼운 벽이 가로막고 서 있는 느낌이다. 하지만 움츠러들 때가 아니다. 어딘가 지긋지긋하다고 말하는 것만 같은 눈빛에 또 울화가 치밀었다.

"이게 진정한 거예요. 부장이야말로 사람 얘길 듣고 있는 거예요?"

"듣고 있어."

등받이에 깊숙이 묻고 있던 몸을 천천히 앞으로 일으키며 도지마 부장은 이게 마지막이라는 듯이 힘주어 말했다.

"너야말로 잘 모르는 모양이니 가르쳐주지. 이 동아리에서 만드는 건 교내 신문이지, 전국 신문 지역면이 아니야. 우리한테 경찰을 인터뷰할 힘이 있다고 생각해? 피해자 인터뷰를 따러 갈 수 있어? 문제에 휘말리면 누가 책임을 지지? 네 부모님? 고문인 미요시 선생님? 아니면 나?

이 마을에서 일어난 '사건'을 다루고 싶다는 주장은 알겠어. 하지만 그건 허세야. 그래도 정 세상을 향해 하고 싶은 말이 있다면 조간신문 투고란에 내봐. '젊은 목소리' 코너도 있더라."

비아냥거리는 게 아니라 진심으로 하는 말이니 더 열받는다.

경찰을 인터뷰해야 한다면 하면 된다. 그럴 마음만 있으면 피해자 인터뷰도 딸 수 있다. 어째서 부장은 이렇게 소극적일까?

"그러니까! 이 기사에!"

나는 손바닥으로 책상에 펼친 신문을 두세 번 두드렸다. 거기에 적혀 있는 글은 "불량 그룹, 친구를 유괴"라는 기사.

"유괴당한 친구가 이 학교 학생이라는 정보가 있어요. 우리 학교 이야기잖아요, 그런데 왜 안 된다는 겁니까?"

도지마 부장은 더이상 토론할 뜻이 없는지 한숨을 쉬며 말했다.

"네 속셈은 빤히 보여, 우리노. 그렇다고 그 기사를 실으면 그걸 선례 삼아 다음달부터 학교 밖 문제를 계속 기사로 다룰 셈이잖아."

속셈이고 뭐고, 실제로 나는 그렇게 주장해왔다.

"그게 뭐가 잘못이라는 거예요?"

"그만해. 부장 판단이다. 뭐하면 다수결로 정해도 좋아. 그 지면에는 운동회 추가 기사를 싣는다."

부실을 둘러보았다.

저쪽에서 적은 메모, 여기서 찍은 사진, 뒤죽박죽으로 쌓여 뭐가 뭔지 알 수 없는 인쇄 준비실. 총 다섯 명의 부원으로 이루어진 후나도 고등학교 신문부. 여름방학 전, 3학년 선배들이 은퇴하기 전에는 여자 선배도 있었는데 지금은 남자들 뿐이다.

2학년, 부장 도지마 겐고. 운동부처럼 탄탄한 체격에 험상 궂은 얼굴, 당당한 풍채. 하지만 내가 볼 때는 그저 수구파 아니면 겁쟁이다.

마찬가지로 2학년, 몬치 조지. 우리 1학년과 어울리는 것도 아니고, 그렇다고 도지마 선배와 사이가 좋은 것도 아니다. 비굴해 보이는 눈을 내리깔고 언제나 과시하듯 책을 읽고 있다. 대체로 핸디 사이즈의 교양 서적이다. 600엔 정도로 살 수 있는, 『어째서 ○○는 ××인가?』 따위의 제목이 대부분이다.

1학년 기시 간타. 야무지지 못한 녀석으로, 장식 줄이 잔뜩 달린 휴대전화가 늘 띠리리리 소리를 낸다. 수업이 끝나면 왁스로 머리를 잔뜩 세운다. 이 인쇄 준비실을 화장실처럼 이용하는 녀석이다.

또 한 사람, 1학년 이쓰카이치 기미야. 기시는 도움이 안되지만 이쓰카이치는 성실하게 기사를 쓴다. 말할 때 사람 눈치를 보는 구석이 가끔 거슬리지만 성실한 녀석이라는 건 분명하다. 하지만 소심하다.

네 사람 가운데 내 편을 들어줄 만한 녀석은 없다. 후나도 고등학교 신문부에서 나는 고립된 존재다.

고립 자체는 두렵지 않다. 애초에 기사는 혼자 쓸 작정이었다. 하지만 지면을 확보하지 못하면 할 수 있는 게 없다. 어째서 이 녀석들은 다들 이 모양일까. 제대로 할 수 있다는 보장은 없지만, 동아리에서 만드는 교내 신문이니 실패해도 다시 고칠 수 있지 않나. 그렇게 생각하지는 않는 걸까?

"알겠습니다……."

더 말할 기력도 없다. 내게 남은 길은, 성질을 부리며 부실을 뛰쳐나가는 것뿐이었다.

울분을 끌어안고 교실로 돌아가자 쓴웃음이 나를 맞이했다.

"여. 칼로 물 베기, 수고했어."

나는 그 녀석 책상에 털썩 걸터앉았다.

"짜증나는 소리 하네. 어떻게 될지 처음부터 다 알고 있었다는 것처럼."

"알고말고. 설사 몰랐더라도 네 얼굴 보면 안다."

"그렇게 얼굴에 드러나?"

그 녀석은 '조금'이라는 듯이 엄지와 집게손가락을 모았다.

히야 유토. 중학교 때 같은 학원에서 만났다. 고등학교에 들어와 같은 반이 되었을 때는 제법 기뻤다. 표정이 부족한 편은 아닌데, 잠자코 앉아 있으면 뭔가 심오한 고민을 끌어

안고 울적해하는 것처럼 보인다. 중성적인 이목구비는 남자가 봐도 상당히 빼어나, 경박한 환호성이 쏟아지는 경우도 많다.

하지만 나는 이 녀석의 외모가 아니라 두뇌를 높이 평가하고 있다.

어떤 일이든 이해가 대단히 빠르다. 나는 나름대로 열심히 공부해서 이 후나도 고등학교에 들어왔지만 히야는 여유롭게 입시 문턱을 넘었다. 혼자만 공부를 잘하는 데 그치지 않고 남들을 가르치는 재주도 뛰어나다. 학원에서는 제법 신세를 졌다.

이 녀석에게 조금만 더 패기가 있었어도 뭔가 재미있는 일을 할 수 있을 텐데. 이렇게 세상 모든 것에서 한발 물러나 있겠다는 표정으로 웃고 있을 뿐, 눈에 띄는 짓은 절대 하지 않는다. 지금도 저렇게 웃고만 있다.

"네가 불만스럽게 생각하는 것도 이해해. 확실히 우리 학교 신문부 활동은 시시하지."

"그렇지?"

나는 주먹을 불끈 쥐었다.

"요즘 세상에 찾아보기 힘든 고등학교 신문부라 대단할 줄 알았더니. 작년 기사 흉내내는 것 말고는 하는 일이 없어."

"흉내내는 건 아닐 거야."

히야가 어깨를 으쓱했다.

"신문부는 연중행사를 다루고 있을 뿐이야……. 다만 그 연중행사가 작년하고 똑같을 뿐이겠지."

"결과는 똑같아!"

올해 9월호는 운동회 기사가 핵심이다. 물론 작년 9월호도, 재작년 9월호도. 어쩔 수 없다는 건 나도 안다. 교내 신문이 운동회를 다루지 않을 수 없을 테니까. 하지만 지면을 모조리 할애할 건 없지 않나. 스스로 고민할 여지가 없다면 대체 무슨 재미인지.

나는 그 점이 불만스러웠다. 교내 화제만으로는 지면에 변화가 없다. 시야를 넓혀야 한다. 완벽한 소재도 준비했다. 여름방학에 있었던 유괴 사건. 쓰라고 하면 당장이라도 쓸 수 있다. 취재를 하면 연재 기사도 쓸 수 있는데.

하지만 내 제안은 단번에 기각당했다. 도지마 부장은 상대도 해주지 않았다. 히야가 잔뜩 찌푸린 얼굴로 난처한 녀석이라는 듯이 분통을 터뜨리는 나를 올려다보았다.

"내가 소용없다고 했잖아."

그렇게 생각한 이유를 물어보면 대답은 술술 나올 것이다. 나도 고개를 끄덕일 게 틀림없다.

실은 나도 소용없는 일인 줄 알고 있었다. 입학 후 반년 가까이 지났다. 신문부 경향을 파악하기에는 충분한 시간이다.

그 동아리에서 변화를 바라는 이는 아무도 없다. 어렴풋이 짐작하고는 있었다. 하지만…….

"소용없다고 안 하는 건 너고, 그래도 해보는 게 나아."

히야가 피식 웃었다.

"믿음직스럽기도 해라."

빈정대는 소리인 줄은 알지만 나도 얌전히 듣고만 있는 성격은 아니다.

"하나 물어보자. 히야, 너도 삼 년 동안 중학교를 다녔지?"

"뭐, 나라의 방침이니까."

갑작스러운 질문에 어리둥절해하면서도 에둘러 말하는 버릇은 여전하다.

"고맙게도 삼 년 꼬박 다녔지."

"그럼 당당하게 내세울 만한 뭔가를 한 적 있어?"

히야가 얼굴을 살짝 찌푸렸다. 열정이 어쩌고 하는 이야기라면 사양이야, 라고 얼굴이 말하고 있다. 그래도 끝까지 말했다.

"나는 없어. 삼 년 동안 공부에 동아리에, 그러다 끝나버렸어. 삼 년을 똑같이 되풀이하기는 싫어. 그렇게 결심했는데 벌써 반년이 지났어. 너는 수학을 잘하니까 알겠지. 삼 년 동안 반년은 여섯 번밖에 없어."

그러나 히야는 여전히 에두른 표현으로 대답했다.

"좋은 마음가짐이야. 하지만 수단이 신문부라는 게 좀 잘못되었네. 입신양명을 바란다면 조금 더 대중적인 방향을 노렸어야지."

약점을 찌르다니. 입을 다물어버린 내게 히야가 손을 살랑살랑 흔들었다.

"뭐, 응원은 하고 있어. 언제나 응원은."

응원의 대상은 누구든 상관없다는 듯한 말투였다.

솔직히 말해 나는 히야에게 응원을 바라는 게 아니다. 아군이 되어주길 바랐다. 하지만 그걸 입에 담는 건 자존심이 허락하지 않아, 나는 성질을 부리며 교실을 나갈 수밖에 없었다.

3

직감은 믿을 게 못 된다. 메모의 글씨를 보고 남자가 썼으려니 했는데, 방과후, 교실에서 나를 기다리고 있던 건 여학생이었다.

눈이 따가울 정도였던 저녁노을은 선명한 빛을 잃고 단숨에 어둡게 변해갔다. 그 여학생은 창가에 서서 창문을 열고 있었다. 바깥은 바람이 강한지 하복에 달린 스카프가 불어오는 바람에 나부꼈다.

그녀가 누군지는 알고 있다. 같은 반 학생이다. 추리는 당연히 적중했다. 하지만 이름까지는 모르겠다. 무슨 이유로 날 불러냈는지도. 그녀가 입을 열었다.

"5시 반, 정확하네. 약속 시간에 칼같이 왔어."

가시 돋친 구석이 없는 어른스러운 목소리였다. 귀에 익다. 어쩌면 1학년 때도 같은 반이었을지 모른다.

위험한 호출은 아닐 줄 짐작했지만 상대가 여학생 한 명임을 확인하니 역시 마음이 놓였다. 편지를 받고 아무 생각 없이 나갔다가 흠씬……. 그런 가능성이 머릿속을 스치지 않은 것은 아니었으므로.

"모처럼 불러준 건데 예의는 지켜야지."

여학생은 웃으며 창문을 닫고 내 쪽으로 몇 걸음 다가왔다.

"미안해, 늦은 시간에 불러내서."

"별로 안 기다렸어."

그후의 침묵을 나는 "그래서 무슨 용건인데?"라는 재촉으로 바꾸었다. 여학생은 한 걸음, 두 걸음 더 다가오더니 두 손을 가지런히 모았다.

"물어보고 싶은 게 있어서."

"나한테?"

지금의 내게 뭔가를 묻는 사람이 있을 줄은 몰랐다. 나는 이제 남의 문제에 끼어들지 않는데. 마음 한구석이 술렁거렸다.

……솔직히, 부탁을 받으면 조금쯤은 지혜를 빌려줄 수도 있지. 뭐가 궁금한 걸까. 가능하다면 조금은 복잡한 문제였으면 좋겠다. 다른 사람들은 한 번에 파악하지 못할, 어려운

부탁이면 좋겠다.

하지만 질문은 엉뚱했다.

"고바토, 그 애하고 헤어졌지?"

누구 얘기인지 금방 알 수 있었다.

오사나이 유키. 바로 얼마 전까지 나와 함께 '소시민'을 꿈꾸는 동지였다. 연인이나 의존 관계가 아니라, 상부상조하는 관계로 우리는 서로를 감시했다. 소시민을 향한 길에서 벗어나지 않도록.

그 관계는 여름방학에 끝났다. 지금 와서 돌이켜봐도 그것은 자연스러운 일이었다고 생각한다. 우리는 각자 알아서, 착실하게 조금씩 소시민으로 변화해갈 것이다. 하지만 이 동급생은 그걸 어떻게 아는 걸까?

흠칫 놀랐다. 짐작 가는 구석이 딱 하나 있다.

오사나이와 헤어진 건 그 사건의 결과였다. 그 사건에는 많은 사람들이 얽혀 있었다. 개중에는 법을 어긴 사람도 있었다. 일망타진했다고 생각했지만…….

설마 하는 생각에 주춤했다. 이 녀석, 설마 그 패거리인가?

나도 모르게 몸에 힘이 들어갔다. 하지만 그녀는 이런 내 반응을 보고 눈을 휘둥그레 떴다.

"왜 그래? 그렇게 놀라지 마."

"놀란 건 아니지만, 그걸 어떻게 알았어?"

"보면 알아, 여름방학이 끝나고 나서 둘이 함께 있는 모습을 본 적이 없는걸. 내 친구도 그렇게 말했고."

그것뿐?

그녀를 잠시 관찰했지만 정말 그뿐인 듯했다. 그렇게 되면 요란하게 반응한 내가 부끄럽다. 나는 웃음으로 얼버무렸다.

"그래? 그렇구나. 티가 나나 봐."

"역시 헤어졌구나?"

"응, 헤어졌어."

생글생글 웃으며 그렇게 대답했다. 그러자 이유는 모르겠지만 눈앞의 여학생이 주먹을 불끈 쥐었다. 대체 그게 그녀와 무슨 상관인지 전혀 짐작할 수가 없다. 곰곰이 생각해보면 알까 싶어 생각에 잠기려는 찰나. 이름도 모르는 같은 반 여학생이 점심 메뉴를 고르듯 아무렇지도 않게 이렇게 말했다.

"그럼 나랑 사귈까?"

"어?"

"사귀자."

"어?"

그제야 비로소 그녀를 제대로 쳐다보았다.

오사나이에 비해 키가 컸다. 오사나이보다 작은 여자애는 초등학교에나 가야 찾을 수 있겠지만.

교실은 이미 어둑해 표정이 잘 보이지 않았다. 조금 딱딱한 미소를 짓고 있는 것 같다. 얼굴이 다소 기름하고, 긴 머리는 구불거렸다. 웨이브 헤어. 후나도 고등학교는 교칙이 까다로운 편은 아니지만 아무 헤어스타일이나 봐주는 건 아니다. 원래 곱슬머리인 것이리라. 눈꼬리가 조금 내려가 있다. 굳이 따지자면 처진 눈매인가. 목이 가늘다.

요란한 타입은 아니다. 하지만 완전히 수수한 것도 아니다. 그럭저럭 예쁜 외모로, 적당히 청춘을 구가하고 있다. 그런 느낌이다. 다시 말해 내가 선망하는 고등학교 생활을 보내는 타입.

눈이 장난스럽게 빛나고 있다.

"고바토, 이름은 조고로 맞지?"

"그런데……."

"'조'라고 불러도 돼? 멋지잖아."

나는 웃음을 잃지 않고, 하지만 재빨리 잘라 말했다.

"싫어."

완강히 기각하겠다. 그녀는 물러났지만, 어쩌다 보니 그 대답으로 교제 자체는 받아들이는 꼴이 되었다. 혹시 이게 전

술이었나?

물론 여학생에게 고백받는 게 영광이라는 건 알고 있다.

소시민 남고생으로서 대단한 이유가 없다면, 거절할 필요
도 없다.

그런 연유로 나는 그녀와 사귀게 되었다.

다만 한 가지 문제가 있다.

"그럼 그렇게 됐으니까 앞으로 잘 부탁해, 고바토!"

하지만 나는 그녀에게 대답할 수가 없다. 일단은 어떻게든
이름부터 알아내자. 그러기 위해서는 어떻게 해야 할까?

내 생각에 이건 신발장 이름표로 해결할 수 있다.

4

인쇄 준비실에서도, 교실에서도 뛰쳐나오고 보니 갈 곳이 없었다. 집에 돌아가면 그만이지만 아직 용무가 하나 남아 있었다. 도서실에서 빌린 책이 있었던 것이다.

전직 신문기자가 쓴 『올바른 기사의 요건』이라나 하는 책이었다. 신문부를 설득할 재료로 쓸모 있을 것 같아 빌렸는데 불평만 실려 있어 전혀 도움이 되지 않았다. 3분의 1쯤 읽다가 때려쳤는데 기한이 다가와 반납해야 했다.

방과후에 이것저것 하다 보니 시간이 제법 늦었다. 이 시간에 도서실에 와본 적이 없어 조금 놀랐다. 사람이 하나도 없다. 도서 위원인 듯한 남학생 혼자 카운터 안쪽에서 뭔가 열심히 읽고 있을 뿐이다. 방해하기가 미안해 책은 반납함에 넣어두었다.

도지마 부장은 상대도 해주지 않고, 히야는 비웃기나 하고, 빌린 책은 읽지도 않고 반납하다니, 오늘은 뭘 해도 안 되는 운수 없는 날이다. 그래서 대신 다른 책을 찾기로 했다.

말이 그렇지, 고등학교 도서실에 신문부 1학년 부원에게 도움이 될 책이 입맛대로 있을 리 없다. 『좋은 기사 작성법』이라는 책을 겨우 찾아냈다. 조금 읽어본 뒤에 빌릴지 말지 결정하려고 빈자리를 찾았다. 가까운 자리에 가방을 내려놓고 의자에 걸터앉아 책을 펼치려다가 깨달았다. 맞은편에 누군가의 가방이 있다. 후나도 고등학교에서 지정한, 교표가 새겨진 하얀 가방.

사람 없는 도서실에서, 남아도는 게 자리인데 굳이 맞은편에 앉고 말았다.

이래서는 뭔가 의도가 있다고 오해할지도 모른다. 아차 싶기는 했지만 그렇다고 굳이 자리를 바꾸지는 않았다. 대수로운 일은 아니다.

하지만 책을 품에 안고 돌아온 상대를 본 나는 숨을 삼키고 말았다.

아는 사람이었다.

내가 일방적으로 아는 것뿐 상대는 나를 모를 것이다. 도지마 부장과 아는 사이인지 신문부에 몇 번 왔던 여학생이다.

처음 봤을 때는 참 작다는 생각부터 들었다. 보브컷으로 자른 깔끔한 검은 머리가 어딘지 모르게 가발 같아서 특이한 분위기의 여학생이라고 생각했다. 인형 같다는 말은 그럴 때 쓰는 표현이라는 걸 나중에야 깨달았다.

두 번째로 보았을 때도 고등학교 교복이 어울리지 않는다는 생각밖에 들지 않았다. 부장에게 뭔가 부탁하러 왔는지 "그 일로……"라고 한마디했을 뿐이었다. 도지마 부장은 신문부 부장답게 발이 넓다. 기사 문제로 뭔가 약속이 있겠거니 싶었다.

내 시선이 바뀐 것은 세 번째로 보았을 때. 여름방학이 끝난 직후였으니 그리 오래된 일은 아니다.

인쇄 준비실에는 나와 도지마 부장 둘밖에 없었다. 아직 다음 호를 준비할 단계도 아니었고, 나는 신문부 방침에 넌지시 불만을 드러내고 있었기 때문에 서로 대화도 없어 부실은 조용했다. 나는 공책을 펼치고 숙제를 하고 있었던 것 같다. 도지마 부장은 팔짱을 끼고 뭔가 고민하는 듯 허공을 노려보고 있었다. 부장의 오른손에 반창고가 붙어 있었던 게 기억난다. 여름방학 때 다친 듯했다.

그 여학생은 불쑥 찾아와 인쇄 준비실 문을 열었다. 파이프 의자에 앉아 있던 도지마 부장 곁으로 성큼성큼 다가가더니 대뜸 귓가에 입술을 갖다댔다.

　뭔가 속삭이는 것 같았다.

　내용은 들리지 않았다. 다만 그 순간, 등줄기에 소름이 돋았다.

　키와 얼굴만 두고 본다면 어디로 봐도 절대 동급생 같지 않은, 어디 중학교에서 몰래 숨어든 듯한 여학생. 그런데 귓속말을 하는 순간에 가늘어지는 눈, 도지마 부장의 귀에 맞추어 몸을 숙이는 날렵한 동작에 그만 오싹했던 것이다. 눈을 뗄수가 없었다. 성적인 매력이었을까? 아마 그렇지 않을 것이다. 외모와 표정, 동작이 서로 너무나 동떨어져 있어 이상하게 눈길을 끌었다. 요염하다는 말은 이럴 때 쓰는 표현이라는걸 나중에야 깨달았다. 당시에는 입을 쩍 벌리고 그저 쳐다만보고 있었다.

　여학생이 귓가에 속삭이자 도지마 부장은 눈알만 데구르르 옆으로 굴렸을 뿐 팔짱도 풀지 않았다. 좋은 이야기인지 나쁜 이야기인지 알 수가 없다. 이야기는 길지 않았다. 이윽고부장이 "알았어"라고 중얼거리자 여학생은 귓가에서 입술을뗐다.

그녀는 지금 막 존재를 깨달았다는 듯이 홱 고개를 돌려 나를 보았다. 방금 전까지 가늘게 뜨고 있던 눈으로 나를 똑바로 쳐다보았다. 등줄기에 땀이 맺혔다.

그녀의 입가에 미소가 비쳤다. '너한테는 상관없는 일이야'라고 말하는 것 같았다.

다시 둘만 남자 도지마 부장에게 방금 전 여학생이 누군지 물어보았다. 부장은 묘하게 불쾌한 표정으로 말했다.

"오사나이라고. 상당히 골치 아픈 녀석이야."

지금, 방과후 도서실에서 내 앞에 서 있는 사람이 바로 그 오사나이였다.

"나한테 뭐 용건이라도 있어?"

대뜸 그렇게 묻는다. 그제야 내가 오사나이의 얼굴을 뚫어져라 쳐다보고 있었다는 것을 깨달았다.

"아아, 아니, 미안."

나는 얼른 눈을 내리깔았다. 노골적으로 나를 수상하게 여기던 오사나이가 이윽고 불쑥 입을 열었다.

"너 어디서 본 것 같은데."

"아아, 응, 아마."

의자에 앉아 있길 다행이다. 세반고리관에 문제가 생긴 것처럼 어질어질했다.

"신문부에서 봤을 거야."

"신문부에서……?"

오사나이가 생각에 잠겼다. 오른손 집게손가락을 보드라워 보이는 뺨에 대고. 오래 고민하지는 않았다. 오사나이는 고개를 살래살래 저었다.

"기억이 안 나. 미안해."

"아아, 응, 어쩌다 힐끗 본 거였으니까 어쩔 수 없지."

스스로 생각해도 우스꽝스러울 정도로 필사적으로 미소를 지어냈다. 그렇게 오래도록 시선이 마주쳤는데 기억하지 못한다는 게 더 신기했다. 어쩌면 나 혼자 길다고 느꼈을 뿐 실제로는 찰나였을지도 모른다.

오사나이는 다시 한번 사과했다.

"미안해."

손에 들고 있던 책을 책상에 내려놓더니 두 손으로 책상을 짚고 다시 물었다.

"그래서 나한테 무슨 용건이야?"

온화한 말투는 아니었다. 그렇다고 벽을 두는 것도 아니다. 뭐랄까, 거리를 재는 듯한 느낌……. 이럴 때 여자들은 다 이런가? 아니면 오사나이만 이런 분위기를 가진 걸까?

내가 그녀를 기다리고 있었다고 완전히 오해하고 있다. 그럴 만도 하다.

"아아. 아니."

누가 있는 줄 모르고 우연히 앉았을 뿐이라고 말하려 했다.

하지만 너무 아까운 기회다.

도서실에는 아무도, 카운터 맞은편에서 눈길도 들지 않는 도서 위원 말고는 아무도 없다. 오사나이는 몇십 센티미터 거리에서 나를 바라보고 있다. 이런 우연은 예측할 수 없는 기회에 찾아오고, 나는 아무런 각오도 되어 있지 않았다. 다만 우리노 다카히코의 특징은 언제나 각오만큼은 금방 할 수 있다는 점이다.

오사나이가 내 말을 기다리고 있다. 그렇다면 말하자. 지금 말하자.

"반했어."

"뭐?"

"전부터. 너는 기억하지 못하는 것 같지만. 혹시 바쁘지 않으면 잠깐 괜찮아? 이야기를 나누어보고 싶었어."

내가 생각해도 대단한 배짱이다. 나는 한마디도 더듬거리지 않았고, 미소까지 머금고 있었다.

오사나이는 눈을 깜빡거렸다. 농담이나 장난의 근거를 찾으려는 듯이 나를 똑바로 쳐다보았다. 여기서 웃음을 터뜨리거나 눈길을 피하면 기회는 사라지고 만다. 그걸 알기 때문에 나는 오사나이의 시선을 똑바로 받아들였다.

이 순간까지도 몰랐는데, 저녁노을이 유난히 붉은 날이었다.

오사나이가, 웃었다. 내 눈을 들여다보며 작게 피식 웃었다.

"솔직한 남자는 싫지 않아."

몸에서 힘이 빠졌다. 대범한 척 가장하느라 몸이 잔뜩 굳어 있는 줄도 몰랐다. 오사나이가 웃어주었다. 싫지 않다고 말해주었다.

오사나이는 책상 위에 내려놓았던 책을 집더니 가만히 입가를 가렸다.

"좋아. 하지만 도서실에서 이야기하기는 싫어. 좋은 가게를 알아. 가토 프레즈*가 굉장히 맛있는 가게야."

나는 벌떡 일어섰다.

"그럼, 가자."

한심한 노릇이다. 방금 전까지는 술술 말해놓고 이 한마디에 우스꽝스러운 쇳소리가 튀어나왔다. 그렇지만 그 실수가

---

* 딸기 쇼트케이크.

가을철 한정 구리킨톤 사건 (상)

후회되지는 않았다.

　머릿속이 멍해서 아무 생각도 들지 않았기 때문이다.

The Special
Kuri-kinton
Case

제 2 장 —— 따뜻한 겨울

1

오사나이의 이름은 유키였다.

귀여우면서도 어딘가 연약해 보이는 오사나이에게 잘 어울리는 이름이다.

어째서인지 오사나이는 사귀기 시작한 첫날부터 긴장하는 기색이 없었다. 행동을 보면 낯을 가리지 않는 성격도 아니다. 오히려 낯선 상대를 보면 달아나기까지 한다. 그런데 내게는 처음부터 스스럼없이 대했다.

오히려 나야말로 첫 만남부터 사고처럼 사귀게 되어 긴장했다. 여자애와 함께 하교하는 데 익숙해지기까지 이 주 가까이 걸렸다.

그 이 주 사이, 나는 커다란 폭탄을 맞았다.

후나도 고등학교의 학생은 학급별로 배지를 달아야 한다. 남학생은 옷깃에, 여학생은 가슴께에. 하지만 이름뿐인 규칙이라 팔십 퍼센트에 가까운 학생들이 지키지 않았다. 그래서 당연히 일찌감치 물어봤어야 할 문제를 어영부영 넘어가고 말았다.

가을 문턱, 분명 단풍이 물들기 전이었던 것 같다. 자전거로 통학하는 오사나이는 자전거를 끌면서 내 옆에서 걸었다. 나는 별생각 없이 물어보았다.

"오사나이는 몇 반이야?"

오사나이는 언젠가 내가 그렇게 물을 줄 예상했던 모양이다. 게다가 일종의 재미를 기대하는 것처럼 키득키득 웃으며 이렇게 말했다.

"나? C반."

거짓말이라고 생각했다. 왜냐면 나도 C반이니까.

나는 여전히 오사나이라는 아이를 잘 몰랐다. 그래서 완곡한 농담의 일종인 줄 알았다. 어중간한 웃음을 지으며 다시 물었다.

"그래서 사실은?"

"사실이야. 정말 C반이야."

"거짓말 마. 내가 C반인데."

　　　　　　　　　　　　가을철 한정 구리킨톤 사건 (상)

"나, 거짓말쟁이란 말을 들은 적은 있지만 이건 진짜야. C반이야."

오사나이는 내 얼굴을 밑에서 올려다보며 살짝 덧붙였다.

"……2학년."

나는 오사나이가 당연히 1학년인 줄 알았다. 너무 작았기 때문에.

처음에는 믿지 않았다. 오사나이는 딱히 심술도 부리지 않고 가슴주머니에서 학생 수첩을 꺼냈다. 내 입학 연도보다 일 년 빠른 숫자가 적힌 학생 수첩. 나는 할말을 잃었다.

"선배, 옜, 어요?"

오사나이는 그렇게 기뻐 보일 수가 없었다.

"응, 이대로도 괜찮잖아. 선배로 보이지 않으니까. ……우리노?"

실제로 선배로는 보이지 않았다.

나와 오사나이가 사귄다는 사실을 안 히야는 그 일을 이런 말로 놀렸다.

"뭐야. 우리노가 롤리타 취향일 줄은 몰랐네."

고약한 농담에 나는 보디 블로로 응답했다.

이윽고 찬바람이 불고 낙엽수가 잎을 벗기 시작하면서, 겨울이 찾아왔다.

12월에 접어들 무렵, 오사나이를 따라 수업이 끝나고 카페에 갔다. 얼그레이2라는 이름의 카페는 아담하니 딱 여자애들이 좋아할 만한 가게였다.

오사나이는 자주 이런 가게에 갔다. 커피나 홍차를 좋아하는 게 아니다. 케이크를 좋아하는 것이다. 실제로 이 가게에서도 메뉴판도 보지 않고 주문했다.

"케이크 세트, 홍차는 밀크티, 케이크는 티라미수로 주세요."

나는 용돈이 그리 넉넉하지 않다. 자연히 "나는 커피만"이라고 작은 목소리로 중얼거렸다.

유리컵에 든 티라미수. 오사나이는 먼저 표면을 스푼으로 쓰다듬었다. 티라미수 위에 뿌려진 코코아 파우더가 스푼에 묻으면 그 가루만 핥는다. 뭐랄까, 사냥감을 희롱하며 노는 고양이 같다.

그에 비해 나는 커피가 뜨거워 바로 마시지 못하고, 설탕을 넣은 컵만 하염없이 휘젓는다. 오사나이 앞이니 촌티는 내고 싶지 않다. 스푼이 잔에 닿지 않도록 살며시 저었다.

"우리노."

오사나이가 불쑥 말을 걸었다. 나는 대답하지 않고 시선만

던졌다. 오사나이는 티라미수를 건드리던 손길을 멈추고 스푼을 세운 채 움켜쥐고 있었다.

"왜 한숨을 쉬어?"

그 말을 듣고서야 내가 한숨을 쉬었다는 사실을 깨달았다. 둘이서 있을 때 오사나이가 한숨을 쉬었다면 나는 지루해서 그러나 싶어 크게 당황할 것이다. 스푼을 내려놓고 사과했다.

"미안, 그냥."

"고민이라도 있어?"

오사나이는 움켜쥔 스푼을 허공에 대고 가볍게 흔들었다.

"누나한테 의논해봐."

누가 보면 우리는 커플은커녕 '여동생에게 한턱내는 오빠' 정도로 보일 것이다. 그런데 오사나이의 입에서 '누나'라는 말이 튀어나오다니 우스워서 그만 피식 웃고 말았다. 오사나이가 그런 내게 나직하게 대꾸했다.

"웃으라고 한 말 아니야."

"어, 아니야?"

항의하듯 오사나이는 스푼을 단숨에 티라미수에 내리꽂았다. 스푼이 컵 바닥에 부딪혀 긁히는 소리가 났다.

내가 한숨을 쉬었다면 원인은 뻔하다. 누나에게 의논할 생각은 없었지만 이야기를 들어줬으면 하는 마음은 있었다.

그렇게 심각하게 말할 생각은 없었는데, 자연히 목소리가 조금 가라앉았다.

"있지, 교내 신문 읽어?"

"교내 신문이라니, 《월간 후나도》 말이야?"

깜짝 놀랐다.

신문부가 만드는 교내 신문은 원칙적으로 매달 1일에 배포한다. 하지만 연휴나 시험 때문에 이래저래 밀리기 때문에 1일이라는 건 거의 명목뿐이다. 총 여덟 페이지. 전에는 인쇄소에 맡겼다는데, 지금은 기사를 컴퓨터로 쓸 수 있으니 학교에 비치된 프린터로 전교 학생 수만큼 뽑는다.

천 장에 육박하는 교내 신문을 한 장 한 장 접는 것도 고생이지만 배포도 중노동이다. 우리 신문부원들이 1일 이른 아침, 전교 학생들의 책상 위에 올려놓는다. 전통적으로 그래야 한다는데, 나는 아무래도 '그렇게라도 하지 않으면 아무도 읽어주지 않는다'는 서글픔을 느낀다. 실제로 반에서 관찰해보면 거의 아무도 읽지 않는다. 매달 1일 방과후, 각 교실 휴지통은 교내 신문으로 가득찬다.

그 신문의 이름은 《월간 후나도》가 맞다. 우리 신문부원들조차 이따금 깜빡하는데.

"어떻게 아는 거야?"

가을철 한정 구리킨톤 사건 (상)

이상한 질문이지만 오사나이는 생긋 웃으며 대답했다.

"친구가 만드는 거니까. 받으면 읽거든."

도지마 부장을 말하는 것이다. 그러고 보니 오사나이와 사귄 지 석 달이나 지났는데 도지마 부장과 어떤 사이인지 물어본 적이 없다. 여름방학 직후에 한 번 찾아온 것을 끝으로 오사나이는 부실에도 오지 않았고……. 궁금했지만 나중에 물어보기로 했다. 당장 물어볼 문제도 아니고, 게다가 너무 캐물으면 속 좁은 남자로 보일 것 같다.

지금은 교내 신문 이야기가 우선이다.

"그래서 어떻게 생각해?"

"뭐가?"

"재미있었어?"

누가 오사나이에게 '거짓말쟁이'라고 했는지 모르겠지만 이때 오사나이는 틀림없이 진실을 말했다. 한 치 망설임 없이 이렇게 말했다.

"평범했어."

나는 쓴웃음을 흘렸다.

"평범하다니, 좀더 괜찮은 표현은 없어?"

"응. 딱 중간치의 평범함, 유례없는 평범함. 《월간 후나도》를 읽으면 늘 비범하리만치 평범하다고 생각해."

예상치도 못한 풍부한 표현이 돌아왔다. 그렇게 듣고 보니 평범하다는 점이 대단하게 느껴진다.

어쨌거나 오사나이 말이 맞다. 《월간 후나도》는 평범하다. 지나치게.

"맞아."

수긍할 수밖에 없다. 나는 힘을 주어 말했다.

"오래전부터 그래서는 안 된다고 생각했어. 변화를 위한 아이디어는 있어. 학교 밖 기사를 적극적으로 다루는 거야. 한번에 크게 개선되지는 않겠지만 적어도 어떤 계기는 될 거야.

그런데 아무도 찬성하질 않아. 행동으로 옮길 수가 없어. 아마 한숨도 그래서 튀어나온 걸 거야."

10월 1일에 배포한 10월호는 운동회 기사로 끝났다. 11월호는 문화제 소식이었다. 12월호는 틀림없이 연말 특집이다.

매년 이렇게 답습만 해서는 안 된다고 주장하고 있지만 돌파구를 찾지 못한 채 시간만 허망하게 흘러간다. 평소에는 짜증에서 그치지만 가끔은 고래고래 소리라도 지르고 싶다. 그리고 이따금 우울해지는 것이다. 한숨이 나올 법도 하지 않은가.

"왜?"

오사나이가 물었다.

"뭐가 왜야?"

"우리노는 왜 그래서는 안 된다고 생각하는 거야?"

뭘 묻는지 처음에는 못 알아들었다. 딱 중간치의 평범함. 그런 신문이 괜찮을 리가 없잖아.

"《월간 후나도》좋아해?"

오사나이는 어리둥절한 얼굴로 스푼을 입에 물고 있었다. 이제 보니 아까까지는 코코아 파우더만 핥아먹고 있던 티라미수가 세로로 가른 것처럼 정확하게 절반만 남아 있었다. 대체 언제……. 오사나이는 스푼을 입에 문 채로 고개를 저었다.

"무슨 재간으로 그걸 좋아해?"

"그렇지? 그래서는 안 돼. 사람들이 좀더 읽고 싶고 좋아해주는 신문이어야지."

오사나이는 작은 신음을 흘리며 스푼을 접시에 내려놓고 단호한 표정으로 말했다.

"그건 이유가 못 돼. 우리노는 그 교내 신문을 좋아해? 그래서 모두가 읽어주길 바라는 거야?"

아하, 그런 뜻이었나. 나는 커피에 입을 댔다. 아직 뜨겁다.

"듣고 보니 아닌 것 같아. 난 다른 사람이 아닌 바로 내 손으로 《월간 후나도》에 아직까지 실린 적 없는 기사를 썼다고 말하고 싶은 거야."

설명이 부족한 것 같아 덧붙였다.

"유명해지고 싶은 게 아니라, 뭐랄까, 어딘가에 우리노 다카히코가 후나도 고등학교에 있었다는 흔적을 남기고 싶어. 이상하게 들려?"

"아니."

오사나이가 이번에는 생긋 웃었다.

"그건 알 것 같아. 눈 내린 아침에, 누구보다 일찍 길거리에 나가서 발자국을 내고 싶은 기분이겠지."

낭만적이다. 역시 오사나이는 소녀다.

"그런 다음엔 다른 사람이 발자국을 내지 못하게 눈을 싹 쓸어버리는 거야."

"……왜?"

"어? 말했잖아, 다른 사람이 발자국을 내지 못하게."

오사나이의 개그 센스는 아직도 잘 모르겠다.

오사나이는 뭔가 결심한 듯이 스푼을 빠르게 놀렸다. 반쯤 남아 있던 티라미수를 단숨에 먹어치웠다. 어찌나 급하게 먹었는지 입가에 코코아 파우더가 묻었다. 오사나이는 그것도 모르고 말했다.

"좋아, 나 우리노를 응원할 테야. ……괜찮지?"

응원은 히야도 해주고 있다. 얼마 전에는 "파이팅, 파이팅!" 하고 말해주었다.

하지만 오사나이의 응원은 히야의 그것과는 다르다. 정말로 기운이 날 것만 같았다.

나는 당연히 고개를 끄덕이며 대답했다.

"든든해."

*

일주일 만에 응원의 효과가 나타났다.

신문부는 한 달에 한 번, 첫째 주 금요일에 모두 모여 편집회의를 연다. 평소 제대로 코빼기도 내밀지 않던 녀석, 예를 들자면 기시 간타 같은 부원도 그날은 어쩔 수 없이 끌려온다.

내가 학교 밖 기사를 다루자고 제안한 것은 9월 회의 때였다. 10월, 11월, 나는 두 번이나 입을 다물고 있었다. 설득할 만한 소재도 없는데 제안만 해대면 오히려 거들떠보지 않을 거라 생각했기 때문이다. 물론 그렇다고 손놓고 있었던 것은 아니다. 부장만 해결하면 다른 부원들은 어떻게든 할 수 있다. 몇 번이나 부장을 떠보기는 했다. 하지만 이렇다 할 긍정적인 대답을 얻지 못한 채, 이렇게 12월 편집회의를 맞이하고 말았다.

9월에 말을 꺼냈을 때는 소재가 있었다. 여름방학 때 일어났다는 후나도 고등학생 유괴 사건. 하지만 지금은 눈에 띄는 소재가 없다. 12월에 여름방학 일을 꺼내봤자 너무 오래전 일이라 설득력이 없다. 게다가 취재를 준비하고 있었던 것도 아니다. 밑천은 없지만, 그래도 한번 말을 해봐야 하나 말아야 하나…….

그런 고민을 가슴속에 숨기고 회의에 임했다.

"1월호는 교장 선생님 말씀을 일면에 실어야 해. 나머지는 각 학년 주임 선생님하고, 학생회장한테 원고지로 두 장씩 써달라고 하고. 테마는 '새해를 맞이하는 자세'. 그러면 완성."

작년 1월호를 앞에 두고 2학년 몬치가 설명했다. 매번 그렇지만 그걸로 할 일이 전부 결정된다. 반복도 이쯤 되니 나도 그만 그거면 된다고 생각하게 된다.

"좋아. 누가 누굴 맡을지가 문제네. 교장 선생님께는 다 함께 찾아가자."

도지마 부장이 이야기를 빠르게 정리했다. 누가 누구를 찾아갈 것인지, 의뢰할 때 어떤 점을 주의해야 하는지.

"어떤 걸 쓸지 미리 슬쩍 물어봐. 내용이 겹치면 곤란해."

자잘한 문제까지 파악하고 있다. 작년 그대로 답습하는 작업에 관해서는 도지마 부장은 흠잡을 데가 없다. 나는 2학년 주임에게 기사를 부탁하러 가게 되었다. 말없이 받아들였다. 어차피 "신문부입니다. 올해도 두 장입니다" "오오, 벌써 그런 시기가 왔나" 그런 짧은 대화로 끝날 역할이다.

순서가 대강 정해졌다. 기사 배치도 작년과 똑같다. 삼십 분 만에 회의가 끝날 분위기였다. 말을 꺼내려면, 지금이다.

하지만…….

"아, 잠깐만요."

자리에서 일어나던 사람들을 불러 세운 것은 내가 아니었다.

누군가가 답답한 목소리로 쭈뼛쭈뼛 입을 열었다.

"저. 어, 해보고 싶은 일이랄까, 부탁이라고 할까, 뭐 그런 게 있는데요. 잠깐 말해도 될까요?"

이쓰카이치 기미야였다. 자기가 불러 세워놓고 시선이 집중되자 못 견디겠다는 듯이 고개를 푹 숙였다.

"뭔데?"

도지마 부장이 뒷말을 채근했다. 자리에서 거의 일어났던 기시가 혀라도 찰 듯한 얼굴로 도로 앉았다.

"아니, 실은……."

이쓰카이치가 가방에서 꾸물꾸물 《월간 후나도》를 꺼냈

다. 이달 초에 낸 최신호다.

"흔히 '기자의 눈'이나 '뒷이야기' 같은, 그런 거 있잖아요. 칼럼이라고 하나? 신문 구석에 짤막하게 근황을 쓰는 거요. 《월간 후나도》에도 그런 게 있으면 좋을 텐데, 어때요?"

남들 앞에서 자기주장을 하는 게 영 어색한 말투였다. 무슨 말을 하고 싶은지는 알겠는데, 나는 아직 무슨 일이 일어나고 있는지 제대로 이해하지 못했다.

이쓰카이치가 약간 빠른 어조로 덧붙였다.

"그렇게 길지 않아도 돼요. 그냥 뭐랄까, 누군가 책임지고 쓰고 싶은 걸 자유롭게 쓸 수 있는 자리가 있으면 좋겠다 싶어서."

"그런 게 왜 필요한데?"

말이 끝나기가 무섭게 몬치가 찬물을 끼얹었다.

"딱히 쓰고 싶은 것도 없는데. 게다가 너, 뭐 착각하는 거 아냐?《월간 후나도》는 네가 쓰고 싶은 걸 쓰는 자리가⋯⋯"

"됐어, 잠깐."

다그치려는 몬치를 도지마 부장이 말렸다. 팔짱을 단단히 낀 모습에서 차분한 여유가 흘러넘쳤다.

"이쓰카이치. 뭔가 쓰고 싶은 게 있지?"

그제야 비로소 이쓰카이치의 주장이 내 제안과 같다는 사실을 깨달았다. 자유롭게 쓸 수 있는 자리를 원하는 것이다.

부장이 대뜸 핵심을 찌르자 이쓰카이치는 우물쭈물했다. 그래도 간신히 고개를 끄덕였다.

"맞아요."

"말해봐."

"네."

이제부터 하려는 말을 스스로 확인하듯 입을 오물거렸다.

"어, 오는 1월 20일에 시민문화회관에서 자선 바자회가 열려요. 우리 학교에서도 몇 명 나가는데, 어른들만 있는 자리라 불안하니까 우리 학교 학생들도 찾아오도록 기사를 써달라는 부탁을 받았어요."

"부탁을 받아? 누구한테?"

"같은 반 친구요. 저, 이름도 말해야 하나요?"

부장이 팔짱을 풀었다.

"아니, 됐어. 하고 싶은 말은 알겠어. 그래서 칼럼이란 건가."

목적을 똑바로 말하자 몬치가 불쾌하다는 듯이 얼굴을 찌푸렸다. 입을 열었다면 "1학년 주제에 신문을 사유물로 삼을 셈이야?"라고 말했을지도 모른다.

하지만 몬치는 아무 말도 하지 않았다. 여러 차례 편집회의를 하다 보면 알 수 있다. 도지마 부장이 경청하는 한 몬치는 아무 말도 하지 못하는 듯했다.

"자선 바자회니까 수익은 기부한대요. 그럼 딱히 장사를 하는 것도 아니니까 도와줄 수 없겠냐고……. 《월간 후나도》는 그런 신문이 아니라고 말은 했는데."

뭐라고 한 사람도 없는데 변명조가 되었다. 그 심정은 조금 이해한다. 도지마 부장이 팔짱을 끼고 입을 다물고 있으면 확실히 박력이 있다.

부장은 잠자코 생각에 잠겼지만 그리 긴 시간은 아니었다.

"하고 싶은 말은 알겠어. 그건 도와주고 싶군. 다만 그렇게 되면 지면을 상당히 조정해야 해. 생각해둔 방법이라도 있어?"

"네!"

그 말을 기다렸다는 듯이 이쓰카이치가 책상 위의 《월간 후나도》를 뒤집었다. 집게손가락으로 맨 뒷면의 한 곳을 가리켰다.

"여길 줄이면 칼럼 자리를 만들 수 있어요."

편집후기 자리였다. 한 페이지의 4분의 1을 이용해 신문부원 전원이 간단한 후기를 쓴다. 한마디라고 하기에는 길고 뭔가 주장하기에는 너무 짧다. 듣고 보니 어중간한 자리였다.

"이걸 반으로 줄이면 8분의 1 페이지를 확보할 수 있어요."

누군가가 "호오" 하고 감탄했다. 도지마 부장도 몬치도 아니니 기시인가? 아니, 어쩌면 내가 무심코 중얼거렸는지도 모른다. 한참 침묵이 흘렀지만, 이쓰카이치의 제안을 묵살해서 그런 게 아니라 그 반대였다. 제법 좋은 아이디어다 싶어 놀랐기 때문이리라. 이쓰카이치의 시시한 칼럼은 그렇다 쳐도, 지루하고 길기만 한 편집후기가 간결해지는 건 그것만으로도 이점으로 보였다.

그 말을 들은 도지마 부장의 첫마디도 이랬다.

"그건 좋은데……."

하지만 부장은 약간 곤란한 표정으로 말을 이었다.

"이 '편집후기'는 신문부원이 어느 정도 되면 폼이 나지만 다섯 명으로는 솔직히 어중간해. 그러니 줄이는 건 좋다. 다만 칼럼이라는 형태로 가면 한 번으로 끝낼 수는 없어. 매달 실어야 해. 이쓰카이치, 네가 매달 쓸 테야?"

"아니, 저는……."

이쓰카이치가 처음으로 말을 얼버무렸다.

그때 예상치 못한 구원의 손길이 뻗어 왔다.

"돌아가면서 쓰면 어때요?"

줄곧 입을 다물고 있던 기시가 불쑥 끼어든 것이다.

"어차피 한 달에 한 번이니까. 돌아가면서 맡아도 되겠죠."

"아니, 하지만……."

뭐가 마음에 들지 않는지 몬치가 거듭 반박했다.

"앞으로 부원이 늘면 '편집후기'도 길어질 거 아냐. 지금 다섯 명이라고 해서 그렇게 마음대로 바꾸면……."

하지만 그 점에 대해서는 도지마 부장이 단호하게 말했다.

"마음대로라니, 누구한테 허락받을 필요는 없잖아. 우리가 정하면 될 일이야."

"그건 그렇지만……."

"내년 4월에 신입부원이 우르르 들어오면 그때 다시 생각하면 돼. 시기를 생각하면 신년호부터 지면을 변경하는 것도 괜찮고."

그렇게 말하더니 부원들을 둘러보았다.

"다수결로 정할까? 이쓰카이치의 제안에 찬성하는 사람?"

놀라울 정도로 신속한 의결이었다. 이쓰카이치 본인, 기시. 그리고 나도 손을 들었다. 네 명 중 세 명. 결론이 났다.

"좋아. 이쓰카이치는 준비 확실하게 해. 해산."

이것이 의미하는 바는 분명했다.

요컨대 8분의 1 페이지이기는 하지만 학교 밖 문제를 자유롭게 쓸 자리가 굴러든 것이다. 9월 회의에서 그토록 열심히 주장했을 때는 거들떠보지도 않았는데, 이쓰카이치의 소심한 말투가 모든 것을 뒤집어엎었다.

그날 방과후. 드물게 내가 먼저 가자고 한 크레이프 가게에서 자초지종을 간단히 설명하자 오사나이는 크게 기뻐했다.

"잘됐다, 우리노. 다행이야!"

나는 어, 아니면 응, 하고 건성으로 대답했던 것 같다. 요행을 믿을 수 없었다기보다 지난 고생은 대체 뭐였나 싶어 석연치 않았다. 자선 바자회라는 단어의 효력일까?

오사나이가 생크림을 추가한 딸기 크레이프를 오른손에 든 채로 그런 나를 꾸짖었다.

"정신 바짝 차려! 지면을 받을 수 있는 가능성이 생긴 것뿐이야. 이 한 번의 기회를 확실하게 잡아. 그러지 않으면 내 응원이 헛수고가 되니까."

확실히 그렇다. 어금니를 악물었다.

우리노 다카히코의 빛나는 업적을 후나도 고등학교에 새길 테다. 12월 편집회의에서는 그것을 위한 문이 빼꼼 열렸을 뿐이다.

여름방학 유괴 사건은 시간이 너무 많이 지났다. 그것을 대신할 만한 소재를 찾아 8분의 1 페이지라는 좁은 공간에 쑤

셔 넣어야 한다. 당장은 쓸 만한 소재가 전혀 보이지 않았다.

과연 해낼 수 있을까 하는 불안은 꺾을 수 있다. 나는 할 수 있다.

미소를 짓는 오사나이를 보고 있으면 그런 생각이 든다. 저도 모르게 손에 불끈 힘이 들어갔다.

그 순간, 크레이프 속에서 초코 바나나가 튀어 나갔다.

2

　나카마루 도키코는 조금 경박해 보이는 외모로는 상상도
할 수 없을 정도로 성격 좋은 소녀였다. 그날, 방과후 편지
를 받고 불려 나간 이후로 나의 행복한 고등학교 생활이 시작
되었다. 아아, 충실하게 살고 있구나. 그런 생각을 몇 번이나
했는지 모른다.

　함께 둘러보았던 교내 문화제. 밤바람이 조금 쌀쌀했던 크
리스마스. 설에는 나란히 신사를 찾았다. 건전한 고등학생이
자 소시민인 나로서는 과분한 하루하루였다. '사소한 오해로
인한 질투로 말싸움'을 하게 될 날이 다시 올 줄은 꿈에도 생
각하지 못했다.

　내일 하루면 겨울방학도 끝난다. 미리 약속한 대로 나는

외출을 했다. 나카마루와 둘이서 강 건너 마사메 시에 있는 쇼핑몰 파노라마 아일랜드에 봄 신상품 세일을 구경하러 갈 예정이었다. 엄청 싸다는 모양이다.

약속 장소에 도착하자 검은 롱코트를 입은 나카마루가 기다리고 있었다. 하얀 목도리에 신발은 부츠. 날씬한 나카마루에게 잘 어울리는 어른스러운 패션이다. 나는 종종걸음으로 달려갔다.

"미안, 추운데 기다리게 해서."

나카마루가 생긋 웃었다.

"아니, 나도 방금 왔어."

평범한 대화. 아아, 행복한 기분.

나란히 1월의 거리를 걸었다. 날은 맑은데 시리도록 추워서 우리의 하얀 입김은 허공에서 한데 얽혀 사라졌다.

손을 잡고 싶을 정도였다.

목적지인 파노라마 아일랜드에는 버스로 가기로 했다.

이웃 도시라고 해도 그리 멀지는 않다. 이 추위에는 벅차겠지만 나 혼자라면 자전거로 갈 수 있는 거리다. 하지만 나카마루가 버스로 가자고 했다. 나카마루는 통학용으로 시내 구간 학생 할인 정기권을 갖고 있었던 것이다.

여태껏 대중교통은 별로 타본 적이 없었다.

기라 시는 동서 방향으로 전철이 다닌다. 역 주변은 고가 철로로 되어 있고 역 앞에는 버젓한 버스 터미널도 있다. 하지만 역은 마을 안에 기라 역 하나뿐이라 전철을 타고 시내를 이동할 일은 없다. 버스 노선도 꽤 많지만 웬만한 곳에는 자전거로 갈 수 있기 때문이다.

대중교통의 신세를 지게 된 것은 그야말로 나카마루의 영향이다. 예전에도 조금 떨어진 곳에 위치한 복합 영화관에 로맨스 영화를 보러 간 적이 있다. 영화관에 들어갔을 때는 밝았는데 나오니 이미 깜깜했다. 영화에 감동해 눈물을 글썽이는 나카마루와 함께 버스를 탔다.

기라 시 버스는 정액 요금이다. 어디까지 가도 똑같은 금액. 그리 유복하지 않은 고등학생으로서는 고마운 시스템이다. 다만 요금이 얼마인지 통 외우질 못했다. 기억력이 나쁜 편은 아닌데 210엔인지 260엔인지 영 아리송하다. 분명 십엔짜리 동전이 하나 필요해서 그 점이 귀찮았던 건 기억하는데. 나카마루에게 버스 요금을 묻기도 부끄러워 주머니에 동전을 챙겨 왔다.

정류장에서 함께 멍하니 버스를 기다렸다. 시간표에 따르면 10시 42분에는 와야 하는데, 50분이 지났는데도 올 기미가 없다. 벤치 하나만 달랑 있는 버스 정류장이라 바람을 막아줄 벽이 없다. 추운 날씨에 나카마루가 걱정되어 문득 옆을 보니 나카마루도 때마침 나를 쳐다보았다. 완벽한 타이밍이 왠지 우스워 둘이서 키득키득 웃었다.

"나카마루, 추우니까 바람 없는 곳에 가 있어. 버스가 오면 부를게."

그렇게 말하자 나카마루는 주머니에 손을 넣은 채로 대답했다.

"이 정도는 괜찮아. 고바토 짱이야말로 목도리도 안 했는데 안 추워?"

처음 만난 날, 조라고 부르겠다는 걸 거부하자 나카마루는 나를 한동안 '고바토 군'이라고 불렀다. 하지만 '군'이라는 호칭은 어색했는지 조라고 부르면 안 되느냐고 몇 차례 조르다가 내가 거듭 거절하자 '고바토 짱'으로 자리를 잡았다. 발음이 조금씩 변해 지금은 거의 고밧짱으로 들린다. 이따금 고맛짱이라고 부르기도 한다. 그건 대체 누구냐.

멀리서 사이렌 소리가 들렸다. 당연히 사이렌 소리만 듣고 소방차, 구급차, 경찰차를 구분할 정도는 된다. 이건 소방차다.

거리가 꽤 되는 줄 알았는데 사이렌 소리는 순식간에 커지

더니, 버스가 오는지 보고 있던 길 앞쪽에 소방차가 나타났다. 차체에 "히노키 정 2"라고 적힌 펌프차가 두 대, 다급하다고 할 수는 없는 속도로 다가오더니 우리 앞을 지나 빨간 신호도 무시하고 그대로 달려갔다. 도플러 효과에 의한 잔향이 귓가에 남았다.

"또야?"

나카마루가 중얼거리는 목소리가 들렸다. 나는 그 말을 듣고 조금 기뻤다. 나도 똑같은 생각을, 다시 말해 또 불인가 하고 생각했던 것이다.

최근 건조한 날씨 탓인지 화재가 잦다. 그래서 평소보다 소방차의 출동이 잦았다. 우리집은 간선도로에서 제법 떨어져 있는데도 비교적 자주 저 사이렌 소리를 듣는다. 나카마루도 화재에 관심이 있는 걸까? 넌지시 물어볼까?

하지만 결국 그러지 못했다.

"아, 왔어."

소방차 뒤를 쫓듯이 기다리던 버스가 왔다. 기라 버스 남부선 파노라마 아일랜드 경유.

요금이 얼마였는지 고민하는데 차체에 적혀 있었다. "시내공통 210엔".

이번에야말로 확실하게 외워야지.

탑승구는 버스 중간에 있다. 계단을 밟고 올라타자 바로 동전 교환기가 눈에 보였다. 나카마루가 나를 돌아보며 물었다.

"동전 있어?"

"응."

준비는 완벽하다. 260엔일 경우에 대비해 주머니 속에 충분히 챙겨 왔다. 아마도. 그래도 괜히 불안해져서 슬그머니 주머니 속에 손을 넣어 동전을 만져보았다. 나카마루는 지갑에서 오백 엔짜리 동전을 꺼내 잔돈으로 바꾸었다.

요금은 내릴 때 낸다. 기라 시에는 민영 '기라 버스'와 시영 '기라 시 버스'가 다니는데, 시영 버스는 탈 때 요금을 낸다. 이 점도 실수하기 쉽다. 아무래도 불편하니 조만간 개선되겠지만 지금은 아직 선불과 후불이 뒤섞여 있다. 지금 우리가 탄 건 민영 버스니까 틀림없이 후불이다.

그렇게 올라탄 버스는 예상외로 혼잡했다. 콩나물시루까지는 아니지만 빈 좌석은 없었다. 버스를 자주 타지 않는 몸으로서 가르침을 구했다.

"항상 이렇게 붐벼?"

나카마루는 조금 어이없다는 듯이 말했다.

"무슨 소리 하는 거야. 이제부터 시작이야."

이제부터 뭐가 시작된다는 건지 나는 잘 몰랐다. 뭐, 이제부터 시작이라니 금방 알게 되겠지. 한 가지 더 물어보았다.

"얼마나 걸려?"

"음, 길이 막히면 이십 분? 조금 더 빠를지도 모르고."

그런 이야기를 하는 사이 어느새 다음 정류장이 보였다. 버스 정류장 간격이 이렇게 짧다는 것도 몰랐다.

그때, 나는 나카마루가 한 말의 의미를 깨달았다.

방금 전 정류장에는 우리 둘밖에 없었다. 그런데 무슨 마법인지 이 정류장에는 사람들이 줄을 서 있었다. 줄이 어찌나 긴지 실로 똬리를 튼 뱀 같다는 말이 어울렸다. 어떤 이는 목도리를, 어떤 이는 털모자를 단단히 두르고 의심할 여지 없이 바로 이 버스를 기다리고 있었다.

추운 하늘 아래서 북풍을 맞아 다들 파랗게 질려 원망스러운 눈길로 나를, 아니, 버스를 노려보고 있었다. 그것은 어떤 의미에서는 음험한 광경이었다.

버스가 서고 중간 문이 열렸다. 똬리를 튼 뱀이 버스 안으로 빨려 들어오기 시작했다. 솔직히 말해 나는 이 승객들의 절반도 다 못 탈 줄 알았다. 하지만 착각이었다. 정류장에 있던 줄이 아니라 이 버스를 뱀에 빗대야 했다. 기라 버스의 차체는 새알을 삼킨 뱀처럼 믿을 수 없으리만치 유연하게 승객들을 받아들였다. 줄줄이 올라타는 승객들 때문에 차내 인구 밀도가 단숨에 올라가, 눌리고 잡아채이고 시달리다가 급기야 나는 두 손을 든 채로 나카마루에게 바싹 붙게 되었다. 코롱 향기가 풍겼다.

방금 전 나카마루가 했던 "이제부터 시작이야"라는 말은 차 안이 붐비는 건 이제부터라는 뜻이었다. 나는 감탄했다. 지옥의 행렬이 늘어선 이곳에서 하나 앞선 정류장을 약속 장소로 정한 나카마루의 지혜에. 그리고 이 아비규환을 알면서도 굳이 버스를 선택한 나카마루의 용기에. 이 평범한 여학생을 다소 얕잡아봤던 나는 깊이 반성했다.

하지만 나카마루는 감탄하던 나를 가볍게 배신했다.

"왜 이리 붐비지……?"

오늘의 아비규환은 나카마루도 예상하지 못한 일이었던 모양이다. 뭐, 평일이라고는 해도 정월이니 아무래도 평소와는 다르겠지.

나는 총으로 위협당하는 은행원처럼 멍청하게 두 손을 번쩍 든 채로 파노라마 아일랜드로 실려갔다. 만약 여기서 소매치기가 주머니에 손을 집어넣어도 나는 그 녀석을 제지할 수 없다. 다행인 일이지만 이렇게 혼잡해서야 아무리 숙련된 소매치기라도 제 몸을 지키기에 급급할 것이다. 이 자세로 이십

가을철 한정 구리킨톤 사건 (상)

분이나 가야 하다니 조금 괴롭다.

　버스의 공기 순환 장치는 별로 효과가 없었다. 찬바람이 쌩쌩 불던 정류장에 있다가 버스에 올라탔어도 곧바로 '아아, 따뜻하다'라는 생각은 들지 않았다. 하지만 몸씨름을 하다 보니 금세 몸에 열기가 돌았다. 이마에는 땀까지 맺혔다. 더군다나 옆에는 나카마루가 있으니 무례하게 몸을 붙일 수도 없다. 어쩌다 보니 나는 승객들의 압력으로부터 그녀를 보호하기 위해 필사적으로 온몸의 힘을 쥐어짜내는 꼴이 되었다.

　그런 내 고뇌를 아는지 모르는지, 나카마루가 말했다.

　"세 정거장만 더 가면 조금 편해질 거야."

　그렇다면 인내심 싸움이다. 평소 쓰지 않는 등 근육에 잔뜩 힘을 주었다. 어떠한 것으로부터도 나카마루를 지켜내리라. 그런 비장한 각오를 다진 내 귀에 어딘가 사람을 골리는 듯한, 밝은 목소리의 안내 방송이 들려왔다.

　"기라 시청에서 안내 말씀드립니다. 육십 세 이상 어르신께서는 경로 패스를 이용해주십시오. 평일 낮 시내버스 요금이 무료, 그 외 시간대는 반값입니다. 내리실 때 운전기사에게 신분증을 보여주십시오. 버스 이용은 지구 온난화 방지를 돕습니다. 함께 타서 지켜내자, 버스 노선. 이상, 기라 시청이었습니다."

민영 버스인데 시청에서 보조를 하다니. 하지만 이렇게 콩나물시루인데도 사라질 노선이라면 무슨 짓을 해도 소용없을 것이다.

다음 정류장에서도 몇 명의 승객이 기다리고 있었다. 하지만 버스는 서지 않았다. 운전사가 알아듣기 힘든 목소리로 중얼거리는 것이 들렸다.

눈앞에 하차 벨이 있다. 벨이 있으면 눌러보고 싶어지는 게 소시민. 파노라마 아일랜드가 다가오면 내가 눌러야지. 그런 생각을 하며 쳐다보고 있자니 벨 단추에 묻은 오물이 눈에 띄었다. 새하얘야 할 단추 가장자리에 아주 조금, 검붉은 얼룩이 묻어 있다. 이거 혹시 핏자국인가?

설마, 아마 초콜릿이겠지. 자세히 보니 갈색빛이 감돌 뿐, 별로 붉지도 않고.

"고밧짱, 뭘 봐?"

뭐긴, 너지! 거짓말이지만. 갑자기 등을 짓누르는 압력이 커져서 나는 고개를 숙이고 이를 악물었다.

그리고 태평한 안내 방송.

"다음은 히노키 정 2가, 히노키 정 2가. 다양한 메뉴를 자랑하는 일식집 춘경에 가실 분은 여기서 내리십시오. 내리실 손님은 하차 벨을 눌러주십시오."

그러자 벨이 울렸다. 안내 방송이 이어졌다.

"다음 역에 정차합니다."

문득 고개를 들었다가 깨달았다.

눈앞의 단추에 묻은 오물이, 몇 초 사이에 닦여 있었다. 깔끔하게 닦인 건 아니지만 문지른 것처럼 길게 퍼져 있었다.

그 이유는 명백했다. 내 근처에 있는 누군가가 단추를 눌러 벨을 울린 것이다. 서 있는 승객이 저 단추를 누르려면 나카무라나 내 어깨 너머로 팔을 뻗어야만 한다. 혹은 몸을 숙여 밑으로 팔을 뻗거나.

그런 일은 없었으므로 단추를 누른 사람은 이 악몽 같은 혼란 속에서 속 편하게 자리에 앉아 있는 신선일 것이다. 몇 사람이 내릴지는 모르겠지만 이 밀도가 조금이라도 낮아진다면 대환영이다.

하지만 다음 정류장에서 기다리고 있던 것은 기묘한 상황과, 몹시 거북한 시간이었다.

버스가 멈췄다. 정류장에 승객은 있었지만 운전사는 중간 문을 열지 않았다. 만원이었기 때문이다. 물론 앞문은 열었다. 손님이 내려야 하니까.

그런데 아무도 움직이지 않았다. 버스에서 내리는 사람도 없고, 내리려는 사람도 보이지 않았다. 운전사가 차내 마이크로 알렸다.

"히노키 정 2가, 도착했습니다."

그래도 움직임은 없었다. 무명의 대중으로 변한 승객들은 의례적 무관심의 미덕을 어딘가에 갖다 버린 것처럼 아예 대놓고 서로를 노려보았다. 누가 벨을 누른 거야, 그 녀석 때문에 버스가 멈췄어. 그건 봐줄 테니까 내리려면 냉큼 내려. 그런 무언의 분위기가 부풀어올랐다. 그렇지 않아도 갑갑한 차 안은 이런 위험한 긴장감으로 충만했다.

하차 전용 앞문으로 누가 타려고 한 모양이다. 운전사가 불쾌한 목소리로 제지했다.

"앞문으로는 타시면 안 됩니다. 조금만 기다리세요, 자리가 없습니다."

나는 알고 있다.

벨을 누른 사람은 내 주위 자리에 앉아 있는 두 사람 가운데 누군가다. 앞뒤로 나란히 있는, 1인용 좌석 두 자리.

앞자리에 앉은 사람은 재킷 교복 차림에 헤드폰을 쓰고 문고본에 시선을 떨어뜨리고 있는 학생. 뒷자리에는 앉은 채 지팡이를 짚고서 불쾌한 차 안 분위기를 참을 수 없다는 듯 등을 구부리고 있는 할머니. 둘 다 일어설 낌새는 없다.

내릴 정류장을 착각해서 실수로 벨을 누른 것이리라. 운전
사도 그렇게 판단한 모양이다.

"내리실 손님이 없는 것 같으니 문을 닫겠습니다."

버스는 다시 출발했다. 히노키 정 2가 버스 정류장에서 기
다리던 손님들만 불쌍하게 됐다.

약속의 땅, '세 번째' 버스 정류장까지는 빨간 신호를 두
번이나 더 거쳐야 했다.

그때마다 차 안에는 작지 않은 동요가 일었다. 나는 빈번
히 덮쳐오는 압력을 무릎의 반동으로 흡수하려 애썼다. 어쨌
거나 팔은 좀 내리고 싶다.

영원히 이어질 줄 알았던 길도 언젠가는 목적지에 도달한
다. 안내 방송의 목소리는 여전히 밝고 태평했다.

"다음 정류장은 동부 사무소 앞. 동부 사무소 앞입니다. 내
리실 손님은 하차 벨을 눌러주십시오."

하차 벨은 이미 누군가가 눌렀다.

"다음 역에 정차합니다."

나는 몰랐지만 동부 사무소는 의외로 인기 장소인 듯했다.
나카마루가 말한 대로 적지 않은 승객이 이곳에서 내리려 했
다. 하지만 내리는 문은 앞문. 바늘 하나 들어갈 틈 없는 차
안에서 기를 쓰고 내리려는 승객과 교두보를 지키려는 승객

사이에 실랑이가 벌어졌다.

그래도 덕분에 여유가 조금 생겼다. 버스는 여전히 만원이었지만 나는 팔을 내리고 나카마루에게 딱 붙어 있던 등을 떼고 간신히 한숨 돌릴 수 있었다. 왠지 한 시간도 넘게 버스를 탄 기분이다.

버스에는 익숙할 터인 나카마루도 이번만큼은 한숨을 토했다.

"아아, 힘들었어."

"땀이 다 났어."

우리는 얼굴을 마주보며 쓴웃음을 지었다.

그렇게 버티고 서 있기 급급했던 머리가 약간의 여유를 얻은 순간. 나는 내 눈앞에 어떤 기회가 있다는 것을 깨달았다.

"아……."

무심결에 신음까지 흘렸다.

"왜 그래, 고바토 짱?"

의아하게 묻는 나카마루에게 대답하는 것조차 잊었다.

앞뒤로 나란히 붙어 있는 1인용 자리. 앞자리에는 여학생, 뒷자리에는 할머니.

이 두 사람 가운데 누군가는 방금 전 실수로 하차 벨을 눌렀다. 다시 말해 조만간 내릴 가능성이 있다. 지금 나는 앞뒤

어느 한쪽으로 몸을 움직일 수 있다.

내릴 승객 앞에 서 있으면 그 승객이 일어났을 때 자리를 차지할 수 있다!

아니, 내가 앉으려는 게 아니다. 내가 아니라, 내 귀여운 여자친구, 파도치는 머릿결을 가진 나카마루 도키코에게 자리를 제공할 수 있다고 생각했다.

이 지옥 같은 차 안에서 어중간한 태도는 용납되지 않는다.

여학생 아니면 할머니, 어느 한쪽의 눈앞으로 확실하게 나카마루를 유도하지 않으면 의자 뺏기 게임에서 이길 가망은 없다. 남은 시간도 별로 없다. 아마도 기회는 길게 잡아서 다음 정류장까지. 그전에 나는 판단해야 한다. 여학생과 할머니. 누가 버스에서 내릴 것인지를.

"잠깐만 기다려."

"기다리라니, 뭘?"

선물을 줄 테니까 조금만 기다려. 자리를 선물할게.

내 생각에 이건 면밀하고도 신속한 관찰로 해결할 수 있다.

다행히 눈앞에 노선도가 붙어 있었다. 이걸 보면 이 버스가 의외로 기나긴 여정을 거쳤다는 것을 알 수 있다. 하지만 중요한 문제는 지금부터다.

히노키 정 2가

↓

동부 사무소 앞

↓

히노키 초등학교

↓

히노키 정 4가

↓

히노키 정 도서관

↓

스이도바타

↓

히노키 정 6가

↓

세이헤키 여학원 앞

↓

미나미히노키 정 2가

↓

오카와바시 다리 북쪽

↓

오카와바시 다리 남쪽

↓

파노라마 아일랜드

↓

파노라마 아일랜드 남쪽

↓

다이코쿠 문

↓

마사메 시청 (종점)

이걸 보면 방금 전 하차 벨을 잘못 누른 이유는 불을 보듯 뻔하다. 히노키 정으로 시작하는 버스 정류장이 너무 많다. 뭔가에 정신이 팔려 있거나 혹은 귀가 잘 들리지 않는다면 벨을 잘못 누를 수도 있다. 다시 말해 두 사람 가운데 누군가는 잘하면 다다음 역, 히노키 정 4가에서 내릴 것이다. 늦어도 미나미히노키 정 2가 전에는.

하지만 어느 쪽이 내릴 것인가? 단추를 누른 사람은 누굴까? 나는 주위를 살펴보았다.

여학생의 헤드폰은 자그마한 크기로, 코드는 발밑 토트백 속으로 이어져 있었다. 버스 엔진 소리에 묻혀서 그런 건지 아니면 소리를 줄였는지 음악 소리는 새어 나오지 않았다.

주목할 점은 손에 든 책 위로 튀어나와 있는 책갈피. 내가 잘못 본 게 아니라면 그것은 나카마루도 갖고 있는 시내 학생 할인 정기권인 것 같다. 색도 똑같고 "기라 버스", "시내 정기"라는 글자가 보인다.

입고 있는 옷은 짙은 남색 재킷. 가슴에 교표가 새겨져 있다. 내가 다니는 후나도 고등학교 교복은 아니다. 후나도 고등학교 여학생 교복은 세일러 컬러다. 그렇다고 저게 어느 학교 교복인지는 모른다. 내가 다른 학교 교복을 잘 모르기 때문이다. 방한 대책은 목도리. 수수한 회색이다.

문제의 하차 벨은 여학생이 앉은 자리의 등받이 대각선 위쪽에 있다. 만약 그녀가 벨을 누르려 했다면 팔을 뒤로 뻗어야 한다. 하지만 하차 벨은 버스 곳곳에 있다. 여학생 앞쪽에도 벨이 하나 있다. 그 벨을 누를 경우, 그녀는 앞으로 몸을 기울여 팔을 뻗어야만 한다.

일반적으로 앞과 뒤에 벨이 있을 경우 앞쪽 벨을 누르지 않을까? 이 견해는 여학생이 벨을 눌렀다는 추론에 약간 불리하게 작용한다.

할머니는 차 안에서도 지팡이를 붙들고 있다. 지팡이가 없으면 앉아 있기도 힘들 정도로 불편해 보이지는 않았다. 아직 오전인데도 할머니의 눈꺼풀은 무거워 보였다. 그냥 두면 머지않아 꾸벅꾸벅 졸지 않을까. 깜빡 정신을 잃었을 때 "히노키 정"이라는 소리를 듣고 허둥지둥 하차 벨을 눌렀을지도 모른다.

파란색과 검정색 털실로 짠 스웨터 위에 갈색 조끼를 입고 있다. 따뜻하겠다. 장갑도 꼈다. 겉은 가죽인데 진짜 가죽인지는 모르겠다. 이상한 것은 지팡이를 쥔 왼손에만 장갑을 끼고 있다는 점. 왼손 위에 주먹 쥔 오른손을 올리고 있었다.

문득 목에 뭔가 걸고 있는 게 보였다. 현금카드만 한 크기로, 투명한 카드 지갑에 들어 있는 듯했다. 카드 표면에 적힌 글자를 재빨리 읽어보았다. "경로 패스". 아까 안내 방송에 나왔던 내용을 기억하고 있다. 그렇다면 할머니의 나이는 65세 이상이다. 어라, 60세였나?

문제의 하차 벨은 할머니가 오른손을 뻗으면 닿을 위치에 있다. 다만 의문점이 없는 것은 아니다. 벨이 울리고 내가 단추의 오물이 사라진 것을 깨닫기까지 십 초도 채 걸리지 않았다. 과연 이 할머니가 몇 초 사이에 팔을 움츠려 다시 지팡이에 손을 얹을 수 있을까?

"고바토 쨩."

숨통은 조금 트였지만 여전히 북적거리는 버스 안에서 나카마루가 나를 불렀다. 주위를 의식한 낮은 목소리로.

나는 관찰 대상으로부터 눈을 떼지 않고 대답했다.

"응? 왜 그래?"

"뭐 좋은 일이라도 있어?"

글쎄, 좋은 일이라⋯⋯. 짐작 가는 구석이 없다.

"별로, 왜?"

"왠지 기뻐 보여서."

기쁘다라. 글쎄. 그럴지도 모른다. 그렇다 하더라도 얼굴에 드러내다니 방심했다. 인상을 쓸 것까지는 없지만 표정 관리는 조금 해야겠다.

그나저나.

관찰이라고 해도 무엇을 발견하기 위한 관찰인지 의식하지 않으면 그저 뚫어져라 쳐다보기만 하는 꼴이다. 플라스틱 단추를 누르기 전과 후, 단순히 그뿐이라면 사람의 외견이 바뀌는 건 아니니까. 집게손가락 표면을 보여달라고 하면 단추에서 옮겨간 오물이 묻어 있을지도 모르지만.

아니, 엄밀히 생각하면 이런 가능성도 있다. 만약 차 안에서 피스타치오 아몬드를 먹고 있던 승객이 단추를 누르려고 몸을 내밀었다고 치자. 그러면 그때까지 허벅지 위에 모아두었던 껍질이 아래로 떨어진다. 그렇다면 이번 경우에 그 원리를 적용할 수 있는가 하면…….

불가능하다. 둘 다 바닥에 껍질을 떨어뜨리지도 않았고 무릎 담요 같은 것도 없다. 무턱대고 '집게손가락 좀 보여주시겠습니까?'라고 말할 수도 없다.

따라서 '어느 쪽이 단추를 눌렀나?'라는 문제만 생각하고 관찰해서는 답이 나오지 않는다.

나는 할머니와 여학생 둘 중 누가 먼저 버스에서 내릴지 알고 싶은 것이다. 그렇다면 이제 곧 버스에서 내릴 사람이 보일 만한 특징은 무엇일까?

나카마루에게 말을 걸었다.

"목도리 들어줄까?"

버스 안은 콩나물시루나 다름없이 무척 더웠다. 외부와 온도 차가 커서 땀까지 날 것 같았다. 나카마루는 목덜미에 공기가 통하도록 목도리를 헐렁하게 풀고 있었다.

"괜찮아, 고마워."

나카마루는 그렇게 말하며 웃었다.

자리에 앉은 여학생은 목도리를 꽁꽁 싸매고 있다. 이것은 이제 곧 버스에서 내릴 준비라고 생각할 수 없을까?

억지스러운가······.

우리가 더운 이유는 혼잡하기 그지없는 버스 안에서 몸씨름을 했기 때문이다. 앉아만 있는 여학생이 목도리를 감고 있다 해도 이상할 것은 없다.

할머니는 어떨까? 한 손에만 낀 장갑, 저건 내리려는 채비가 아닐까?

굳이 따져보자면 이렇다. 할머니는 양쪽 다 장갑을 벗고 있었다. 이제 곧 내릴 정류장이라고 생각해 왼손에 장갑을 끼고, 하차 벨을 눌렀다. 그러나 곧 실수를 깨닫고 오른손에는 장갑을 끼지 않았다.

아주 엉뚱한 가설 같지는 않다. 하지만 흔히 있을 법한 일도 아니다. 그런데 저 오른손은 어째서 저렇게 하얄까? 저렇게 주먹을 꽉 움켜쥐다니, 뭔가 화나는 일이라도 있나?

다음, 여학생의 책은 어떨까. 여학생이 바로 지금 책을 덮고 토트백 속에 넣은 뒤 허리를 꼿꼿하게 편다면 추리할 필요도 없이 '아아, 이제 곧 내리겠구나'라고 생각할 것이다. 하지만 현실은 그 반대. 여학생이 아직까지도 책을 읽고 있다는 것은 당분간 내릴 생각이 없기 때문이 아닐까?

억지스러운가. 아직까지 책을 읽고 있다는 사실만으로는

이제 곧 내린다고도, 아직 내리지 않는다고도 판단하기 어렵다.

나카마루의 목소리가 들렸다.

"있지, 파노라마 아일랜드에 도착하면 구두 가게에 먼저 가도 돼? 부츠를 사고 싶은데 학교에는 신고 다닐 수 없으니 고민이야."

부츠가 안 된다면 설피는 어떨까. 짚신하고 분간이 되면 다행인데.

버스에서 내릴 사람은 어떤 행동을 할까? 소지품을 정리한다. 모자를 쓴다. 그리고 인파를 헤치고 버스에서 내려 거리에 발을 딛는다. 그게 전부일까? 내가 만약 다음 버스 정류장에서 내린다면 무엇을 할까?

남은 시간이 얼마 없다. 선택의 순간, 신속하게 추리하는 것이 중요하다.

나는 고민에 고민을 거듭했다. 버스에서 내릴 사람은 어떤 행동을 할까?

내리려는 사람은……

고민하다가 무의식중에 주머니에 손을 넣었다.

아, 그런가…….

쾌재와 욕지거리를 동시에 내뱉고 싶은 심정이었다. 어째서 깨닫지 못했을까. 너무 어리석어 이해가 가지 않을 정도였다. 평범한 미소와 평범한 대화, 영화와 쇼핑, 거짓된 웃음으로 뇌가 녹슬었다고밖에 생각할 수 없다. 답은 당연히 동전이다. 모든 것을 해결해줄 열쇠는 동전이다.

내 주머니가 힌트를 주었다. 시영 버스라면 선불. 하지만 기라 버스는 다르다.

내릴 때 요금을 낸다. 다시 말해 기라 버스에서 내리려는 사람은 동전을 손에 쥔다.

할머니가 오른손에 무엇을 쥐고 있는지, 투시한 것처럼 확실하게 알 수 있었다. 굳게 움켜쥔 저 손에는 당연히 동전이 들어 있을 게 틀림없다. 버스 안에서 장갑을 한쪽만 벗으면서까지 지켜야 할 물건은 그것 말고는 없다.

요컨대 이런 것이다. 양손에 장갑을 끼고 있다. 지갑을 꺼낸다. 장갑을 낀 채로는 동전을 꺼낼 수 없으니 오른손의 장갑을 벗는다. 그리고 머지않은 미래에 동전을 요금통에 넣을 테니, 저 할머니는 그대로 장갑을 벗고 있는 것이다!

결론을 도출했지만 나는 만족할 수 없었다. 이런 수준의 문제에 시간을 이렇게나 빼앗기다니 고바토 조고로의 체면이 서지 않는다. 이런 문제는 일목요연하게 간파해야만 한다.

그래도 뭐, 너무 늦지는 않았다. 어, 뭐더라, 무슨 목적으로 버스에서 내릴 사람을 알아내려고 했더라?

참, 그렇지, 좌석이었지.

하지만.

일단 시동이 걸린 내 관찰력은 실로 아슬아슬한 순간에 패배를 막아주었다. 나는 감전이라도 된 것처럼 얼어붙었다.

그 순간 멈칫한 이유를, 스스로도 좀처럼 설명할 수 없었다. 어째선지 이것만으로는 부족하다, 놓친 요소가 있다고 느낀 것이다. 무엇을?

할머니를 보았다. 지팡이. 왼손에는 장갑. 오른손은 맨손. 목에 걸고 있는 것은 무엇이었더라.

평일 낮 버스 요금 무료를 보장하는 '경로 패스'.

이거다. 내 관찰안이 포착한 것은, 바로 이 패스였다.

위험했다. 할머니는 경로 패스를 갖고 있다. 그러므로 버스에서 내릴 때 돈을 낼 필요가 없다.

"아, 지금 뭐라고 했어?"

나카마루가 물었다. 나는 웃었다. 웃음으로 그 질문에 대답했다. 아무 말도 안 했어, 라고.

그렇다면 내 관찰의 산물은 전부 무용지물인가?

나는 버스에서 내릴 때 주머니 속 동전으로 210엔의 요금을 낸다. 하지만 할머니는 경로 패스를 보여주면 그만. 그렇다면 할머니가 내리는 게 다음 버스 정류장인지 종점인지, 알길이 없다. 여학생도 마찬가지다. 저 얄미운 책에 꽂혀 있는것이 내 생각대로 시내 학생 할인 정기권이라면 여학생도 버스에서 내릴 때 저것을 보여주면 그만이다…….

하지만.

그건 이상하지 않은가? 이상하잖아?

시내 학생 할인 정기권을 가진 사람은 그것을 보여주고 버스에서 내린다. 경로 패스를 가진 사람은 그것을 보여주고 버스에서 내린다. 그것은 이상하지 않다. 경로 패스의 혜택은방금 전 안내 방송에서 말해주었다. 시내 학생 할인 정기권도아까 나카마루가 사용하는 모습을 보았으니 전혀 이상하지않다.

거기에 이상이 없다면, 다른 점이 이상하다.

나는 고등학교에 들어간 후로 몇 차례 이런 경험을 했다.덤벙거리는 친구가 코코아를 탔을 때, 코코아와 컵에 문제는없었다. 문제는 그 주변에 있었다. 그 녀석이 암호를 남겼을때도 그랬다. 결론은 외부에 있었다. 사고는 집중해야만 한다. 눈동자도 외연부가 어둠을 꿰뚫어 본다.

"알았다. 드디어……."

철칙만 상기하면 내가 어디서 위화감을 느꼈는지 알아내기란 어려운 일이 아니었다.

나는 몸을 움직여 넌지시 나카마루의 소매를 끌었다.

"이쪽으로 와."

"응? 왜?"

살짝 항의하기는 했지만 혼잡한 버스 안에서 수십 센티미터 이동하는 게 딱히 수상한 행동은 아니다. 나카마루는 지극히 자연스럽게, 처음부터 거기에 설 예정이었던 것처럼 여학생 옆에 섰다.

버스 정류장에서 다음 버스 정류장까지의 사고. 그것을 나카마루는 이해해줄까?

답은 관찰로 도출할 수 있었다. 이런 종류의 내 직감은 절대 빗나가지 않는다. 할머니와 여학생만 관찰해서는 아무것도 읽어낼 수 없다. 관찰력도 시야를 넓혀야만 했다.

나는 나카마루의 행동을 처음부터 이상하다고 생각했어야 했다.

그녀는 시내 학생 할인 정기권을 갖고 있다. 그것을 사용하면 기라 버스는 그녀를 어디로든 데려가준다.

애초에 그렇게 생각한 것이 착각이었다. 만약 그렇다면 나카마루는 그런 행동을 할 필요가 없었기 때문이다.

버스를 타자마자 동전 교환기로 500엔을 잔돈으로 바꿀 필요가.

내릴 때, 동전으로 요금을 내야 한다. 그렇기 때문에 나카마루는 동전을 바꾸었다. 그렇다면 시내 학생 할인 정기권은 효력이 사라진 것인가?

그렇지 않다. 시내 학생 할인 정기권은 유효하다. '시내'에 한해서.

기라 버스 차체에도 적혀 있었다. 요금은 공통 210엔. 정확히는 '시내 공통' 210엔.

나는 처음부터 알고 있었다. 파노라마 아일랜드는 시내가 아니다. 강 건너편, 이웃 도시에 있는 쇼핑몰이라는 것을.

나카마루는 동전을 바꾸었다. 버스로 시 경계를 넘을 때는 정기권만으로는 안 된다는 것을 알고 있었으니까. 사정은 할머니도 마찬가지였다. 경로 패스도 또한 기라 시내에서만 유효하다. 방금 전, 안내 방송에 그렇게 나왔다.

즉 동전을 쥔 할머니는 적어도 기라 시내를 벗어날 때까지는 버스를 타고 있을 거라는 뜻이다.

그렇다면 소거법. 실수로 하차 벨을 누른 사람은, 히노키정 어딘가에서 내릴 사람은, 여학생이라는 뜻이 된다.

이러한 사고의 과정을 나카마루는 이해해줄까?

소리 없이 중얼거렸다.

"무리겠지."

나카마루에게 파노라마 아일랜드에 가기 위해 동전이 필요하다는 것은 자명한 사실이니까. 지식의 차이를 지혜로 메우는 것은 늘 그렇지만 참 힘들다.

버스가 멈추고, 운전사가 말했다.

"이번 역은 히노키 정 도서관입니다."

벨은 누군가가 이미 눌렀다. 여학생은 아쉬운 듯 책을 덮고 인파를 헤치고 앞문으로 향했다. 나카마루의 눈앞에 빈자리가 생겼고, 여학생은 정기권을 내보이고 버스에서 내렸다.

나카마루가 하늘에서 뚝 떨어진 듯한 빈자리를 보더니 꽃처럼 활짝 웃으며 말했다.

"아, 러키!"

3

기회를 마련하기 위해 행동하지 않는 자를 두고 아둔하다고 한다.

기회를 살리지 못하는 녀석은 요컨대 얼간이다.

그렇다면 나는 얼간이에 가깝다. 손안에 굴러들어온 8분의 1 페이지. 거기에는 어떤 내용이든 쓸 수 있다. 분명 내가 기다리고 기다리던 기회다. 그런데…….

새해 첫 편집회의를 하루 앞둔 방과후 교실에서, 나는 글자 그대로 머리를 싸매고 있었다. 해가 바뀌고 겨울방학이 끝났는데도 거기에 쓸 소재를 찾지 못했다. 책상 위에는 백지 노트. 맞은편에서 히야가 걱정스러운 표정으로 물었다.

"전혀 없는 건 아니지? 일단 말해봐. 의외로 타개책이 될

지도 모르잖아."

이 녀석은 겨울방학 전부터 내 '칼럼'에 대한 고민을 들어
주고 있다. 그런 친구의 우정에 부응하지 못하다니 정말 한심
스럽다. 입다물고 있어도 답은 없다. 나는 기삿거리로는 부
족한 줄 알면서도 어렵사리 입을 열었다.

"크리스마스에 당구장에 있던 커플이 선도 보호에 걸렸
대. 남자가 우리 학교 학생이었어. 정학까지 가지는 않은 것
같아."

"흐음."

"파노라마 아일랜드에서 전자레인지를 훔친 녀석이 있어.
잡히진 않았으니 누군지는 모르겠지만, 고등학생 소행인 것
같다는 소문을 들었어."

"그렇구나."

"E반 녀석이 사고를 당했어. 자전거를 타고 가다가 우회
전하는 오토바이에 치인 거야. 다리가 부러져서 입원한 상
태야."

"그런 일이!"

히야는 꼬박꼬박 맞장구를 치고는 입을 다물었다. 솔직히
어중간한 격려보다 침묵이 고마웠다.

밤늦게 싸돌아다니다가 걸려서 혼났다는 둥, 교통사고가

났다는 둥. 짜증나는 소식을 써봤자 아무 소용 없다. 도지마 부장은 아무 말도 않겠지만 몬치 같은 사람은 고작 이것밖에 안 되느냐고 비웃을 게 뻔하다.

전자레인지 절도 사건은 조금 흥미롭다. 어떻게 훔쳤는지 상세히 조사해서 쓰면 의외로 재미있는 기사가 될지도 모른다. 하지만 그것을 《월간 후나도》에 실을 수 있을까? 게다가 유괴 기사를 쓸 생각이었는데 대안이 절도라니 차이가 크다. 세상에 부는 풍파가 작다는 사실이 진심으로 원망스럽다.

"여기저기 묻고 다녔을 거 아냐? 뭐 쓸 만한 이야기는 없었어?"

나는 어중간한 태도로 끄덕였다.

"음……. 약간은 물어봤지. 학원 녀석들이나."

"그 선배한테는 물어봤어?"

어느 선배를 말하는 건지 잠깐 어리둥절했다. 도지마 부장? 몬치? 어느 쪽이든 무슨 낯으로 기삿거리를 물어볼 수 있겠나.

히야가 말하려던 것은 그 어느 쪽도 아니었다. 궁지에 처한 사람을 앞에 두고 히야는 짓궂게 웃었다.

"왜, 아무리 봐도 후배 같은 그 귀여운 선배 말이야."

오사나이다.

귀엽다는 말을 쉽게 하지 말았으면 좋겠다. 또 보디 블로를 날려주고 싶었지만 둘 다 앉아 있는 터라 불가능했다. 대신 최소한의 항의로 콧방귀를 뀌었다.

일단 질문에도 답했다.

"아니, 오사나이한테는 말하지 않았어."

"'오사나이 선배'라고 해야지."

"입다물어. 뭐랄까⋯⋯. 아무리 생각해도 헛다리잖아. 소문에 밝은 타입으로 보여?"

"나야 모르지. 뭐, 그래도 아닐 것 같긴 해."

낯을 가리는 오사나이에게 쓸 만한 사건 소식을 묻다니 어불성설이다. 어느 가게 케이크 값이 올랐다는 대답이 돌아오는 게 고작이다.

게다가⋯⋯.

이 녀석의 날카로운 눈치는 알아줘야 한다. 히야가 얄밉게 웃으며 덧붙였다.

"게다가 의논하고 싶지 않겠지. 멋진 모습을 보여주고 싶을 테니까."

이번에야말로 주먹을 들어 히야의 이마를 때렸다. 꽁, 생각보다 요란한 소리가 났다.

정곡이다.

허세일지도 모르고, 별로 멋지지 않다는 것도 안다. 하지만 나는 어떻게든 오사나이에게는 비밀로 이 칼럼을 완성하고 싶다. 응원해주겠다고 한 오사나이에게 이런 걸 써냈다고 무뚝뚝하게 쓱 내밀고 싶은 것이다.

하지만 이대로 아무것도 나오지 않는다면 무뚝뚝하게 내밀기는 고사하고 얼굴을 볼 면목조차 없을 것 같다.

히야도 한 대 맞더니 농담을 거두었다.

"기삿거리가 없는 건 우리노 네 탓이 아니잖아. 신문부에는 다른 부원들도 있으니까 차례를 좀 미루면 어때?"

나는 눈썹을 찌푸렸다.

"그것도 좀······."

"쓸 만한 이야기가 있으면 그때 쓰게 해달라고 하면 되잖아."

잠시 고민했지만 여기서 히야에게 털어놓지 않는 것도 진솔하지 못하다는 생각이 들었다. 마음의 준비를 하고 솔직히 말해야겠다.

"실은 그 생각도 했어."

"역시."

"다만······."

어금니를 악물었다.

"그래봤자 결과는 똑같아. 첫 칼럼은 이쓰카이치라는 녀석이 쓰기로 했는데, 다들 거의 기정사실처럼 내가 두 번째로 쓸 줄 알아. 여기서 손을 들지 않으면 '역시 안 되는구나' 하는 소리를 들을 게 뻔해. 게다가……."

잠시 우물거렸다.

"그러면 기회에 등을 돌리는 것만 같아. 고등학교 생활은 삼 년이잖아."

히야는 잠시 아무 말도 하지 않았다. 천장을 노려보다가 작은 한숨을 쉬더니 난처한 녀석이라고 말하고 싶은 눈치로 미소를 지었다.

"시간은 한정되어 있고, 행운의 여신은 기다려주지 않는다는 건가. 나도 그런 마음가짐으로 사는 게 나을까?"

"사람마다 다르겠지. 나는 다른 장점이 없으니까 초조한 걸지도 몰라."

"설마 그 정도일까. 난 잘 모르겠는데."

히야는 그렇게 중얼거리더니 가방에 손을 뻗었다. 집에 가려나 보다 했는데 아무래도 아닌 듯하다. 가방을 열더니 검은 서류철을 꺼냈다.

"어설프게 도우려고 들면 네 자존심을 긁을 것 같았는데, 보아하니 각오가 상당한 모양이니까 괜한 눈치는 보지 않을게."

서류철은 뭐가 들어 있기는 한가 싶을 정도로 얄팍했다. 하지만 대개 정말 중요한 사실은 한 장의 메모지로도 전할 수 있다는 것을 나는 안다. 히야가 눈앞에 내민 그것이 금서라도 되는 것처럼 조심스럽게 받아들었다.

"이건······?"

"뭐, 쓸 만해 보여서."

천천히 펼쳐보았다.

(11월 10일 《요미우리 신문》 지역면)

기라 시에서 방화 의혹

10일 오전 0시 15분경, 기라 시 니시모리 2가에서 쓰레기에 불이 붙는 작은 화재가 발생했다. 니시모리 제2 어린이 공원에 설치되어 있던 쓰레기통이 불에 타고 주위 약 1제곱미터가 연소되었다. 현장에 불씨가 없는 점으로 기라 경찰서에서는 방화 의혹이 있다고 판단, 수사를 진행하고 있다.

(11월 10일 《마이니치 신문》 지역면)

기라 시 니시모리에서 화재

10일 오전 0시 15분경, 기라시 니시모리 2가 니시모리 제2

어린이 공원에서 쓰레기통에 불이 붙은 것을 지나가던 남성이 발견하고 소방서에 신고했다. 약 1제곱미터가 불에 그을었지만 부상자는 없었다. 기라 경찰서에서는 방화 가능성을 시사했다.

(12월 8일《아사히 신문》지역면)

기라 시 고사시에서 방화 의혹

8일 오전 1시경, 기라 시 고사시에서 폐자재가 불에 타는 화재가 발생했다. 기라니시 경찰서는 방화 의혹을 염두에 두고 수사하고 있다.

조사에 따르면 기라 시 고사시 1가 자재 창고에서 불이 치솟아 폐자재가 하나 연소되었다. 주민과 소방관이 소화 작업을 했으며 부상자는 없었다.

신문 스크랩이었다. 신문을 복사해 잘라낸 것이다.

저도 모르게 뚫어져라 쳐다보고 있는데 히야가 그답지 않게 빠른 목소리로 말했다.

"한 가지 추가할 사항이 있어. 우리 후나도 고등학교 원예부는 하마에에서 밭을 빌려 쓰는데, 거기서 작년 10월에 베어낸 풀도 불에 탔어."

히야는 볼일은 끝났다는 듯이 자리에서 일어섰다.

"쓸 만해 보이면 써. 하지만 결과는 나도 몰라. 쓰지 않더라도 따지진 않을게."

코트를 껴입고 교실을 나서는 히야의 뒷모습을 보며 나는 아무 말도 할 수 없었다.

큰일났네…….

이제 오사나이는 물론이고 히야에게도 멋진 모습을 보여주어야 한다.

이것은 연쇄 방화다.

연쇄 방화는 충분히 중대한 사건이고, 더군다나 후나도 고등학교도 피해를 입었을 가능성이 있다. 틀림없이 유용한 소재였다.

조사에 임하면서 나는 두 가지 방침을 세웠다.

한 가지는 오사나이에게 들키지 않을 것. 또 한 가지는 조사하다가 막히면 망설이지 말고 히야의 도움을 구할 것.

오사나이에게 들키지 말아야 하는 이유는 말할 것도 없이 체면 때문이다. 히야 쪽은 조금 더 복잡하다. 나 혼자 힘으로 기사로 쓸 수 있다면 더할 나위 없겠지만, 히야가 가져온 정보라는 사실도 잊어서는 안 된다. 즉 전부 혼자 조사하면 소재만 가로챈 셈이니 왠지 거북하다. 히야는 신문부원이 아니니 괜한 생각이라는 것은 알지만.

새해 1월 편집회의. 기사 소재를 설명하면서 내가 당당하게 가슴을 펼 수 없었던 것도 그 점이 마음에 걸렸기 때문이다. 귀중한 페이지, 위풍당당하게 쟁취하고 싶었지만 어쩔 수 없다.

회의 자체는 예상대로 진행되었다. 일단 메인 기사를 어떻게 할지 정한다. 말이 좋아 그렇지, 2월호는 처음부터 '수능 시험 끝, 본격 수험 시작. 선배들의 금언 특집'으로 정해져 있다. 이제야 생각났다는 듯이 도지마 부장이 입을 열었다.

"그나저나 2월호 칼럼은 누가 쓰지?"

"제가 쓰겠습니다."

말이 끝나기가 무섭게 손을 들었다.

"우리노냐. 뭘 쓸 건데?"

나는 요새 시내에서 발생하고 있는 연쇄 방화에 대해 신문 기사를 들어가며 설명했다. 부장은 변함없이 무뚝뚝한 얼굴로 듣고 있었지만 몬치는 비웃었다. 하지만 부장이 듣고 있으니 몬치는 방해할 수 없다.

"그런 이유로 불조심을 경각하는 뜻에서도 이 문제를 다루고 싶습니다."

설명을 마치자 도지마 부장이 천천히 고개를 끄덕였다.

"그래. 달리 쓰고 싶은 사람은 없어? 그럼 우리노에게 맡기지."

선례가 있으니 믿을 수 없을 정도로 만사가 순조롭게 통과되었다. 이쓰카이치가 뚫고 히야가 다진 길로 나는 아무런 고생 없이 들어섰다.

실은 내심 기시가 손을 들 줄 알았다. 12월 회의에서 이쓰카이치가 칼럼을 신설하자고 했을 때 기시가 그 의견에 찬성했기 때문이다. 얼굴만 봐도 의욕이 없다는 걸 알 수 있는 기시가 이쓰카이치 편을 들다니 뭔가 쓰고 싶은 내용이 있는 게 틀림없다. 하지만 회의 내내 기시는 도지마 부장 몰래 휴대전화를 만지작거렸을 뿐 아무 말도 하지 않았다.

이것으로 지면은 확보했다. 이제부터가 본격적인 싸움이다. 이렇게 의욕을 다지는데 도지마 부장이 찬물을 끼얹었다.

"하지만 그 정도 기삿거리라면 혼자 조사하기 힘들겠지. 이쓰카이치, 어때, 도와줄 수 있겠어?"

갑자기 자기 이름이 들려오자 이쓰카이치는 눈을 휘둥그레 떴다. 어, 하고 외마디소리까지 흘렸다.

물론 나도 마찬가지였다. 혼자서 해보고, 그게 어렵다면 히야와 둘이서 조사할 셈이었는데 다른 부원과 같이 하게 될 줄은 꿈에도 몰랐다.

"할 수 있겠어?"

부장이 날카로운 눈빛으로 쏘아보자 이쓰카이치는 우물거리기만 할 뿐 제대로 대답도 하지 못했다.

"하지만 저는 지난달에도 썼는데……."

"너보고 쓰라는 게 아니야. 우리노 혼자서는 고생할 테니 도와줄 수 없냐고 묻는 거지."

"저는, 지난달에도……."

누가 봐도 내키지 않는 기색이다. 흘깃 둘러보자 기시는 자기에게 불똥이 튈까 봐 두려운지 눈을 내리깔고 돌덩어리처럼 입을 다물고 있었다.

누가 되었든 괜한 참견이다. 나는 말했다.

"부장, 저 혼자 할 수 있어요."

"우리노도 저렇게 말하는데……."

이쓰카이치가 맥없는 목소리로 덧붙였다.

"자기가 하겠다잖아. 해보라고 해."

몬치가 끼어들어 쌀쌀맞게 말했다. 이번만큼은 그 말이 고마웠다. 혼자서 하는 게 그나마 낫고, 그래서 안 된다면 히야가 있다. 이쓰카이치의 도움은 필요 없었다.

이쓰카이치가 미적지근하게 나오면 도지마 부장도 강요할

수는 없다. 기사를 힐끗 쳐다보기는 했지만 이쓰카이치 이상
으로 거부할 게 뻔했다.

"하지만 혼자서는…….."

그래도 부장은 내가 못 미더운 눈치였다. 그만 울컥했다.

"아무도 필요 없다고 하잖아요. 그렇게 못 믿겠으면 그만
두라고 하시죠. 언제든지 나갈 테니까."

부장은 한숨을 쉬었다.

"그거야. 그 성격 때문이라고."

부장이 몸을 슬쩍 내밀고 말했다.

"혼자서 하고 싶은 네 마음은 잘 알아. 할 수 있다는 것도
알고. 그 점은 신용하고 있어.

그런데 너는 성미가 너무 급해. 이제 와서 기사를 쓰지 말
라고는 안 하겠어. 다만 네가 말하는 그 기삿거리라면 아무래
도 외부 사람들도 인터뷰해야 하는데, 솔직히 말해서 말릴 사
람이 없으면 신문부나, 후나도 고등학교의 체면을 깎을 만한
실수를 저지를 것 같아 걱정돼."

"체면! 말도 안…….."

"그럼 묻겠는데, 자재 창고에서도 방화로 의심되는 불이 났
다고 했지. 너, 그 자재 창고에 안 들어가고 배길 수 있어?"

사람 우습게 보지 말라고 말하고 싶었다.

가을철 한정 구리킨톤 사건 (상)

하지만 똑같은 수준으로 맞받아칠 정도로 감정에 휩쓸리지는 않았다. 그 말을 듣고 고민했다. 거기가 방화 현장이라는 걸 알면서, 자재 창고에 들어가지 않을 수 있을까?

현장에는 울타리도 시원찮을 것이다. 철조망이라도 둘러쳐져 있다면 망설일지 모르지만 공터 같은 장소라면.

말로는 시인할 수 없지만 답은 명백했다. 분명 나는 들어가고도 남을 것이다.

"누가 보고 '누구야, 거기서 뭘 하고 있어'라고만 해도 신문부가 저지른 사건이 된다는 걸 알고 있어? 내가 그 장소에 있다면 말릴 수 있어. 정 들어가야겠다면 주인의 허락을 받으러 가겠지. 네가 그런 세세한 원칙을 제대로 지킬지……."

다른 사람들은 아무 말도 없었다. 기시는 처음부터 듣고 있지 않았고, 이쓰카이치는 얼빠진 얼굴이었다.

몬치는 무슨 소리를 하는지 모르겠다는 듯이 눈을 크게 뜨고 도지마 부장을 쳐다보고 있었다.

부장은 고민에 고민을 거듭하다가 마침내 입을 열었다.

"하지만 그렇게까지 말하니 이상 맡겨보는 수밖에 없겠지. 우리노, 신중하게 조사해. 만약에 누가 뭘 물어보면 후나도 고등학교 신문부에서 방화 특집 기사를 준비한다고 해. 그래도 문제가 생기면 일이 꼬이기 전에 내게 전화하고, 알겠지?"

그날, 나는 두 가지 사실을 알았다. 하나는 내가 은근히 관찰당하고 있었다는 것.

또 하나는 도지마 선배는 역시 부장의 면모를 가졌다는 사실이다.

*

일단 원예부부터 시작하는 게 순리겠지.

솔직히 이 학교에 원예부가 있는 줄도 몰랐다. 후나도 고등학교는 동아리 활동이 왕성한 편이 아니다. 같은 문화 계열인 신문부에 속한 내가 이런 말을 하는 것도 그렇지만, 그런 비주류 동아리에 들다니 얼마나 음침한 녀석일까 싶었다.

그런데 조사해보니 같은 반에 원예부원이 있었다. 시시한 편견은 빗나갔다. 문무겸비라 해도 과언이 아닌, 반에서도 눈에 띄는 여학생이 원예부원이었다.

HR이 끝나고 학생들이 차례로 자리를 떴다. 그 여학생도 가방을 들고 바로 나갈 기세라 황급히 다가가 말을 걸었다.

"사토무라, 잠깐 시간 내줄 수 있어? 신문부 일로 묻고 싶은 게 있는데."

원예부원 사토무라는 결코 편안한 상대가 아니다. 오히려 매서운 타입의 여학생으로, 문화제 때는 하등 도움이 안 되는 남학생들을 쫓아내기도 했다. 적잖이 주눅이 들었지만 실제로 말을 걸어보니 딱히 귀찮아하는 기색은 보이지 않았다.

"응, 쓰메노? 뭘 묻고 싶은데?"

"너무하네. 쓰메가 아니라 우리야."

"미안, 미안."

웃고 있다. 내 이름의 '우리瓜'는 '쓰메瓜'와 비슷하게 생기긴 했지만 그렇다고 사토무라가 내 이름을 한자로 기억하고 있을 리는 없다. 농담을 던진 것이다.

우리 대화를 듣고 히야가 다가왔다.

"사토무라 잘못이 아니야. 우리노 네 이름이 특이한 게 잘못이지."

이 녀석도 웃고 있다. 물론 평소에도 늘 웃고 있는 남자지만.

"아, 그래, 우리노였지. 신문부였구나. 흐음……. 그래서 뭐가 궁금한데?"

히야가 끼어들자 사토무라의 시선이 그쪽으로 돌아가더니 내게로 돌아올 기미가 없었다. 오히려 내가 끼어드는 꼴이 되었다.

"사토무라는 원예부지?"

"맞아."

히야가 또 말을 가로챘다.

"운동도 하지? 발이 빠르던데."

"누구 발이 크다고?"

사토무라는 그렇게 장난을 치며 손을 들어올리는 척했다. 히야가 있는 것만으로도 분위기가 화기애애하니 대화에 꽃이 핀다. 그것은 인생을 살아가는 데 굉장한 이득이라고 생각하지만…… 지금은…….

"방해하지 마."

"아아, 미안, 미안. 빠져 있을게."

히야는 반걸음 물러났다.

나는 사토무라에게 다시 물었다.

"원예부에서 있었던 일을 묻고 싶은데 괜찮을까?"

"응, 괜찮아. 신문부만큼이나 뭘 하는지 알 수 없는 동아리니까."

신문부는 매달 전교 학생들에게 일일이 여덟 페이지짜리 신문을 돌리는데. 뭐, 대화의 실마리는 되겠다.

"동아리에서 뭘 해?"

"꽃을 길러. 계단 앞 화단의 꽃들도 원예부에서 길렀어."

"어? 그게 전부? 꽤 많잖아."

"전부…… 맞을걸. 미안, 그 얘기는 2학년 선배한테 물어봐."

지금 이야기를 손에 든 공책에 간단히 적었다. 칼럼에 쓸 생각은 없지만 왠지 그러는 게 예의일 것 같았다.

슬슬 핵심으로 들어가야지.

"그 꽃, 하마에에서 기르는 거지?"

사토무라는 시시하다는 얼굴로 대답했다.

"뭐야, 다 알고 있네."

"내가 아는 건 하마에에 밭을 빌려서 쓴다는 것뿐이야."

"밭이 아니라 비닐하우스야. 한쪽 구석을 빌려서 쓰고 있어."

그렇다면 불에 탄 건 비닐하우스인가? 내가 들은 이야기와 조금 다르다……. 그런 생각을 하는데 사토무라가 내 표정을 훔쳐보고 중얼거렸다.

"아아, 넌 그 화재가 궁금한 거구나?"

어째서 들통이 났는지 몰라 순간 당황했지만 바로 정신을 차렸다. 나는 원예부에 대해서는 아무것도 모르지만 하마에에서 밭을 빌렸다는 건 알고 있다. 방화로 의심되는 화재를 궁금해한다고 생각하는 것도 당연하다.

눈치가 빠르면 일이 수월하다. 나는 고개를 끄덕이며 입을 열었다.

"맞아, 그 이야기를…….."

사토무라가 눈썹을 치켜세우며 날카로운 목소리로 말을 끊었다.

"그전에! 한 가지 해둘 말이 있어. 어라, 두 가지, 아니, 세 가지인가?"

굳이 처음에 숫자를 정할 필요가 있나?

"아무렴 어때. 일단 불에 탄 건 원예부에서 빌린 밭이 아니야. 비닐하우스를 빌려주신 마음씨 좋은 다나카 씨가 소유한 공터. 그리고 신문부에서 기사로 쓰겠다면 아무 말도 안 할 거야. 학생 지도부에서 호되게 야단치고 입단속을 했으니까. 애초에 너 그 얘기는 누구한테 들은 거야?"

나는 주저 없이 대각선 뒤를 가리켰다.

"이 녀석."

"자, 잠깐, 우리노, 제보자를 보호해주는 저널리스트 자세는 어디 간 거야?"

잠자코 듣고 있던 히야가 갑자기 튄 불똥에 황급히 외쳤다. 나는 딱히 저널리스트가 아니니까.

그런데 사토무라는 대뜸 표정을 누그러뜨렸다.

"뭐야, 히야였어?"

정말이지, 히야는 앞으로 남은 인생길도 참으로 편할 것이다. 공격이 누그러진 틈에 질문에 대답했다.

"기사로 쓰지 말라고 한다면 안 쓸게. 메인은 따로 있으니까. 하지만 가르쳐줘. 어째서 야마다 씨 공터에 난 불 때문에 너희가 야단을 맞은 거야?"

"다나카 씨라니까."

사토무라는 내 쪽으로 몸을 돌리며 한숨을 쉬었다.

"왜 야단맞았냐고? 황당한 이유야.

비닐하우스는 유지비가 꽤 드니까 공짜로 빌리기 미안해서 원예부에서 공터 제초를 도왔어. 처음에는 제초만 한다고 해서 다나카 씨한테 낫을 빌릴 생각이었거든. 근데 도중에 이야기가 바뀐 거야. 공터에 농협 간판이 있는데 필요 없으니까 하는 김에 그것도 치워달라고 하더라고.

이게 진짜 어이없어. 커다란 나무판에 누가 붓글씨 연습이라도 한 것처럼 달랑 '채소를 먹자'라고 써놓은 간판이야. 그러니 필요 없다는 말도 이해가 갔지."

확실히 '고향 채소를 먹자'라거나 '국산 채소를 먹자'라면 그나마 이해가 가지만, 무턱대고 채소를 먹자고만 하면 난감하다.

"그래서 학교에서 망치하고 목장갑을 가져갔어. 한 팀은 간판을 부수고 한 팀은 잡초를 벴지. 간판 정리가 먼저 끝났는데, 낮이 부족해서 돕지도 못하고 좀 그랬어.

전부 두 시간쯤 걸렸나. 베어낸 잡초하고 부순 간판은 어떻게 하면 좋을지 다나카 씨한테 물었더니 일단 쌓아두라고 해서 그렇게 했는데 일주일쯤 지나서 불에 탄 거야.

다나카 씨는 아무 말도 하지 않았지만 농협 아저씨가 후나도 고등학교 원예부가 뒤처리를 제대로 안 해서 자기네 간판이 불에 탔다고 항의했던 모양이야. 우리 학교 학생 지도부가 그걸 진짜로 믿은 거지. 자기네 간판은 무슨, 애초에 산산조각 나 있었는데. 그것도 나중에 들어보니 풀이 조금 탄 거지 간판은 타지도 않았다는 거야. 호되게 야단맞았는데 왜 혼났는지는 아직도 잘 모르겠어."

"그거 너무하네."

히야가 냉큼 외쳤다.

"그렇지? 정말 억울해."

사토무라는 히야의 어깨라도 두드릴 기세였다. 한편 나는 그럴 수도 있다는 생각밖에 들지 않았다. 동정을 했어야 했나.

이제 와서 말하기에는 늦은 것 같아 질문을 계속했다.

"그게 언제 일이야?"

"언제라고 물어도……. 꽤 오래전인데. 정확한 날짜가 궁금해?"

"가능하다면⋯⋯."

사토무라는 잠시 생각하다가 "아직 있으려나" 하고 중얼거리더니 휴대전화를 꺼냈다. 자주 사용하지 않는지 어색한 손놀림으로 단추를 눌렀다.

"불에 탄 자리를 찍었거든⋯⋯. 아아, 이거야, 이거."

말은 그렇게 하면서 화면은 보여주지 않는다.

아무 사이도 아닌 같은 반 남학생에게 휴대전화를 보여줄 마음은 없는 것이다. 그 심정은 이해한다. 나도 요전에 캐러멜 무스가 뺨에 묻은 오사나이를 대기 화면으로 지정하려다가 다른 사람이 볼지도 모른다는 생각에 바로 마음을 접었다.

"음, 10월 15일. 이게 월요일이니까 주말을 빼면 12일인가."

그렇군. 메모했다.

"불은 어쩌다 난 거래?"

"방화 같다는 소문을 들었어. 한밤중에 연기가 나서 어라 하는 사이에 저절로 꺼졌대. 나무 간판은 그렇다 쳐도 잡초는 수분이 많으니까 불이 잘 안 붙거든."

그렇다면 방화라는 건 처음부터 알고 있는 사실인가.

이야기를 듣고 보니 학생 지도부에서도 딱히 이유가 있어 입단속을 한 건 아닌 듯했다. 야단치는 김에 한마디 덧붙였거나, 아니면 쓸데없이 떠들고 다니지 말라고 주의를 준 것 아니었을까.

한 가지 더, 마음에 걸리는 점을 물어보았다.

"그 비닐하우스나 공터 말이야, 후나도 고등학교하고 관계가 있다는 걸 한눈에 알 수 있어?"

"모르지. 우리는 간판을 내건 것도 아니니까."

그렇다면 딱히 후나도 고등학교를 노리고 불을 지른 건 아니다. 모처럼 쓰는 칼럼이니 어떻게든 후나도 고등학교하고 엮을 수 있으면 좋을 텐데 아쉽다.

인사를 하고 이야기를 마치려는데 사토무라가 외쳤다.

"아, 맞아! 하나 더. 이건 학생 지도부도 모르는 일인데."

좋은 정보의 예감. 펜을 고쳐 쥐는 손에도 힘이 들어갔다. 그런 나를 보고 사토무라가 은근히 으스댔다.

"그날, 사라진 물건이 있어."

"사라진 물건? 그게 뭔데?"

"응, 학교에서 가져갔던 망치."

망치라…….

일단 메모했다. 하지만 내심 실망했다. 연쇄 방화와 망치 분실이라니, 급이 너무 다르다.

사토무라에게는 그렇지 않은 모양이다.

"그건 학교 비품이니까 없으면 곤란하거든. 결국 다 함께 돈을 모아 변상했는데, 정말 화가 나."

"한 사람당 얼마씩 냈는데?"

사토무라가 고개를 갸웃거리며 대답했다.

"……300엔?"

아무리 생각해도 급이 다르다.

*

그 주 토요일, 나는 자전거를 타고 외출했다.

단순히 현장을 보러 갈 생각이었다. 혼자서도 충분하지만 히야에게 같이 가달라고 부탁했다. 아마도 도지마 부장의 충고가 머릿속에 남아 있었기 때문이리라. 짜증나지만.

내가 아는 방화 현장은 10월 '하마에', 11월 '니시모리', 12월 '고사시'. 이 세 동네는 기라 시 서쪽에 모여 있기는 하지만 실제로는 상당히 넓은 범위였다. 동네가 붙어 있는 것도 아니다. 하마에 북쪽 끝에서 고사시 남쪽 끝까지 걸어가려면 꼬박 하루가 걸린다. 자전거로 가도 이동 거리가 상당하다. 그걸 알면서도 불평 한마디 없이 따라와준 히야에게 나는 마음속으로 고마움을 전했다.

지금은 1월. 어지간해서는 눈이 내리지 않는 기라 시지만 그래도 설 전후로 조금 내린 눈이 미처 녹지 않고 길가에 작게 뭉쳐 남아 있었다. 집을 나선 게 9시. 길이 얼어 있었다면 오도 가도 못했을 텐데 날이 맑아 취재하기에 딱 좋은 날씨였다.

히야와는 후나도 고등학교에서 만났다. 약속 시간보다 십 분 일찍 도착했는데 히야는 이미 교문 앞에 서 있었다.

"추워."

입을 열자마자 불평이다. 히야는 코트를, 나는 점퍼를 입고 있다. 둘 다 목도리를 두르고 장갑을 꼈다. 그래도 1월의 한기를 완전히 막아주지는 못한다.

"뭐, 움직이다 보면 따뜻해질 거야."

그런 빈말이 고작이었다. 계절이 이렇다 보니 해가 중천에 떠도 기온은 크게 오르지 않는다.

"일단 하마에로 갈까?"

그렇게 말하며 페달을 밟으려는데 히야가 붙잡았다.

"기다려. 너 몰라?"

"뭘?"

"또 불이 난 모양이야."

"……정말이야?"

나도 모르게 자전거에서 펄쩍 뛰어내렸다. 히야는 드물게 조금 난처한 표정을 짓고 있었다.

"정말이야. 하지만 오늘은 아마 갈 수 없을 거야. 아카네베에서 길가에 버려진 자전거에 누가 불을 질렀다는데 정확한 장소를 몰라."

"언제야?"

"오늘 조간에 기사가 났으니까 어제 아닐까? 미안, 가져온다는 게 깜빡했어."

어제, 그러니까 1월 11일 금요일인가.

나는 아랫입술을 깨물었다. 이게 무슨 일이람.

우리집도 신문을 구독하지만 꼼꼼히 살펴보지 않았다. 앞으로 뉴스에는, 적어도 이 도시에서 일어나는 방화 소식에는 좀더 신경을 곤두세워야 한다.

"어떻게 할래?"

조간이라면 가는 길에 구할 수도 있다. 하지만 히야의 말이 맞는다면 신문을 봐도 오늘 뭔가를 보러 갈 수 있는 건 아니리라.

"가자……. 예정대로 하마에부터."

"역시 그 수밖에 없나."

히야는 고개를 끄덕이고 자전거에 올라탔다.

빨리 달리면 그만큼 바람이 차기 때문에 둘 다 크게 속도를 내지 않았다. 나는 등교일이 아니면 후나도 고등학교 부근에 오지 않는다. 익숙한 풍경이지만 휴일이라 후나도 고등학생들의 모습은 전혀 찾아볼 수 없다. 그것이 유난히 신선하게 느껴졌다.

우회도로로 들어섰다. 인도가 넓고, 가드레일은 척 보기에도 튼튼했다. 도로표지를 보니 자전거도 다닐 수 있는 인도였다.

천천히 달렸는데도 하마에 사건 현장에는 금방 도착했다. 원예부원들이 평소 걸어서 이동하는 거리니 당연하지만.

하마에로 이어지는 새로운 도로가 뚫렸지만 아직 유동인구는 많지 않다. 적적한 도로 양쪽은 농지 아니면 황량한 공터가 펼쳐져 있을 뿐. 비닐하우스도 몇 개 보였다.

인도에는 우리뿐이었다. 천천히 속도를 떨어뜨려 자전거를 세웠다.

"여기야?"

히야가 물었다.

"잠깐만, 확인해볼게."

휴대전화를 꺼내 사진을 찾았다. 풍경이 비슷해 어디가 문제의 공터인지 알 수가 없다.

"사토무라한테 현장 사진을 받았어. 보면 알 거라던데."

그렇게 설명하자 히야는 짓궂게 웃었다.

"능력 좋은데, 우리노. 정말 능력자야, 놀라워. 나도 그 정
도로 활동적이었으면 좋을 텐데."

"뭐가?"

"사진을 받았다는 건 사토무라하고 연락처를 주고받았다
는 뜻이잖아. 능력도 좋아. 미인이잖아, 사토무라."

시답잖은 소리를 한다. 이 녀석이라면 싱긋 웃으며 "연락
처 좀 알려줘"라고 한마디만 해도 휴대전화 번호든 이메일이
든 얼마든지 가르쳐줄 텐데.

샘이 나서 되받아쳤다.

"걔는 무섭단 말이야. 다가가고 싶지 않은 상대라고."

히야가 유난스럽게 고개를 끄덕였다.

"뭐, 하긴. 그건 이해해. 오사나이 선배는 무서워 보이지
는 않으니까."

농담 따먹기나 하고 있을 때가 아니다. 휴대전화 속 사진
과 눈앞의 풍경을 비교해보았다.

휴대전화를 들고 몸을 오른쪽, 왼쪽으로 비틀어보았다.
사진 속 풍경을 찾으려다 보니 자꾸만 고개를 갸웃거리게 되
었다.

"왜 그래?"

"아니, 여기가 맞을 텐데."

우연히 자전거를 세운 자리가 아무래도 우리가 찾는 비닐하우스 앞인 듯했다. 이건 행운이지만 바로 깨닫지 못한 데에는 이유가 있다. 그 이유를 히야도 바로 알아차린 듯했다.

"여기야? 그런 것치고는…… 아무것도 없는데."

지금은 아무것도 재배하지 않는지 비닐하우스 안은 텅 비어 있었다. 속을 들여다보았지만 풀 한 포기 없다.

하지만 그 옆에는 공터가 있다. 눈이 조금 남아 있었는데 도로에서 날아오는 매연 때문인지 거뭇거뭇 지저분했다. 한겨울, 잡초는 메말랐고 공기는 건조하다. 지금 불을 붙이면 훨훨 타오를 것이다.

석 달 전 방화를 짐작할 만한 흔적은 아무것도 없었다.

사토무라의 말에 따르면 하마에서 난 불은 금방 자연히 꺼졌다고 한다. 그래도 그을음 정도는 적게라도 남아 있을 줄 알았는데. 일단 휴대전화를 들고 주변 사진을 찍었다. 신문부원 체면이 있으니 조만간 어떻게든 디지털카메라를 마련해야겠다.

현장을 둘러보면서 대충 찍었지만 아무래도 의미 없는 짓이다. 조금 더 뭔가, 흔적이라고 할 만한 게 없을까…….

그때 히야가 갑자기 불렀다.

"우리노! 이거 혹시 상관있지 않을까?"

"뭐 좀 찾아냈어?"

종종걸음으로 달려갔다. 히야가 가리키고 있는 것은 인도에 있는 도로표지판이었다. 제한 속도 오십 킬로미터를 나타내고 있다.

중간쯤에 뭔가 자국이 있다. 딱딱한 물체로 때린 것처럼 움푹 패어 있고 페인트도 벗겨졌다. 오토바이가 긁고 지나간 자국 같지도 않았다.

"글쎄······."

그렇게 물어도 지금 시점에서는 할말이 없다. 확실히 그리 오래된 자국 같지는 않지만 과연 석 달 전 사건과 연관 지을 수 있을까? 일단 사진을 찍었다.

그후에도 나는 끈질기게 현장에 매달렸다. 히야는 불평은 하지 않았지만 이해가 안 간다는 듯이 물었다.

"불에 탄 흔적이 없으면 여기는 평범한 공터잖아. 뭘 하는 거야?"

"아아, 조금 신경쓰이는 점이 있어서. 나중에 설명할게."

하지만 역시나 춥다. 미련은 남았지만 적당히 끝내고 다음 목적지, 니시모리로 자전거를 몰았다.

나중에 설명하겠다고 했지만, 인도와 차도를 오가며 니시모리 정으로 가는 길에 신호만 멀거니 기다려도 심심하니 생각한 내용을 조금씩 이야기하기로 했다.

　"하마에 현장을 상세히 찍을 필요가 있었어."

　"왜?"

　추운 겨울 토요일 오전, 인도를 지나는 사람이 많지 않아 우리는 자전거를 나란히 세웠다.

　"연재 칼럼 첫 회를 어떻게 쓸지 고민하고 있어. '방화로 의심되는 화재가 연달아 일어나고 있습니다.' 이것만으로는 밋밋하잖아. 네가 준 기삿거리니까 좀더 그럴싸하게 꾸밀 수 없을까 고민하고 있어."

　"뭐, 우리노가 굉장한 걸 노리는 건 알고 있었지만."

　히야가 피식 웃었다.

　"구체적으로는?"

　나는 길 건너편을 보면서 대답했다.

　"이 방화에 뭔가 공통점이 없는지 찾아볼 거야."

　"오호라……."

　히야는 고개를 끄덕였지만 입가에 차가운 미소가 서렸다.

　"그런 게 있으면 다행이지만."

　없을지도 모른다. 아니, 없는 게 자연스러울지도 모른다.

불을 지르고 다니는 정신병자에게 일관된 취지가 있다는 보장은 없다. 어쩌면 완전히 무작위일지도 모른다. 생각해봤자 헛수고일 가능성은 있다.

하지만 해볼 가치는 있다.

"만약에 말이야. 만약에 공통점을 찾아낸다면 어떻게 될 것 같아?"

"기사를 쓰기 편하겠지."

히야는 농담을 던지고 나서 생각에 잠겼다.

역시나 히야는 내 의도를 꿰뚫어 보는 데 십 초도 걸리지 않았다.

"아아, 그런가. 다음으로 불이 날 곳이 어딘지 예측해보려는 거구나."

나는 고개가 떨어져라 끄덕였다.

만약 연쇄 방화에 공통점이 있다면 규칙도 찾아낼 수 있을지 모른다. 그렇게 되면 기사는 단순히 방화 소식을 전하는 데 그치지 않는다.

이 도시에 방화범이 있다. 그자는 네 곳에 불을 질렀다. 그리고 다음은 이곳을 노리고 있다.

그런 기사를 쓸 수 있는 것이다.

빗나가더라도 아쉬웠다는 말로 끝난다. 반대로 적중하면

대박이다. 범죄 발생을 꿰뚫어 본《월간 후나도》의 공적이 된다. 사람을 우습게 보는 몬치의 입도 막을 수 있고, 도지마 부장 앞에도 당당하게 설 수 있다. 신문부는 뭘 하는지 모르겠다는 말은 더이상 못 하게 하겠다.

무엇보다 오사나이에게 자랑할 수 있다.

"아직은 '공통점'이 있는지 없는지도 알 수 없어. 전부 돌아보면서 일단 사진부터 찍을 거야."

히야는 어째선지 한숨을 쉬었다.

"정말이지, 우리노 네 행동력이 부럽다."

이 녀석의 평소 성격을 아는 나는 그 말을 진심이 아니라 빈정거리는 소리로 받아들였다. 손이 비어 있었다면 배를 한 방 때리고 싶지만 지금은 핸들을 쥐고 있다. 장갑이 두꺼워서 브레이크를 잡고 있기가 힘들어 손을 놓기는 위험하다. 지금은 봐주마.

동네가 바뀌는 경계에 간판이 있는 것은 아니다. 소방서 모퉁이를 돌자 전봇대에 "기라 시 니시모리 정 1가"라고 적힌 철판이 매달려 있었다. 그걸 보고 우리가 이미 니시모리에 들어왔다는 것을 깨달았다.

겨울은 낮이 짧지만 동지가 지나 그래도 조금은 길어진 편이다. 기라 시내를 돌고 돌아 결국 역 앞에 도착했다. 역 근

가을철 한정 구리킨톤 사건 (상)

처에서 방화 사건이 있었던 것은 아니지만 배도 고프고 피곤해서 마지막에 따뜻한 거라도 먹고 끝내자는 생각에 역으로 간 것이다.

역 앞에는 햄버거 가게가 있다. 오사나이와 사귀면서 이 동네에 다양한 가게가 있다는 것을 알게 되었다. 하지만 평소의 나는 백 엔 안팎의 햄버거로 충분히 만족한다.

예상대로 낮에도 기온은 오르지 않았다. 그렇지 않아도 하얀 히야의 얼굴이 창백할 정도였다. 억지로 데리고 다녀서 미안했다. 나더러 보라고 그러는 건 아니겠지만 히야는 뜨거운 커피잔을 두 손으로 소중히 감싸고 희미한 미소를 지으며 이렇게 물었다.

"그래서?"

그 한마디가 무엇보다 무거웠다. 히야는 이렇게 묻는 것이다. '그래서 성과는 있었어?'

니시모리 공원.

고사시 자재 창고.

신문에는 공원 이름까지 실려 있어 직접 가보면 현장을 금방 찾을 수 있을 줄 알았다. 하지만 공원처럼 널찍한 장소는 어디에도 없었다. 히야는 말없이 따라와주었지만 나는 사전에 꼼꼼히 조사하라는 따가운 항의가 등뒤에 쏟아지는 것을 느꼈다.

그렇게 실컷 고생하다 겨우 찾아낸 방화 현장. 그것을 보고 히야가 내뱉은 한마디는 역시나 간결했다.

"그래서?"

니시모리 제2 어린이 공원은 공원이라는 말이 무색하게 벤치와 등나무 울타리밖에 없는, 공터나 다름없는 장소였다.

바닥에는 불에 탄 흔적이 있었다. 그만큼 하마에 공터보다는 사건 현장이라는 느낌이 강하게 났다. 땅 위에 검댕이 남아 있었던 것이다.

아이가 불꽃놀이를 하다가 태운 자리라고 해도 그렇구나 싶을 정도로 시시한 흔적이.

현장은 주택가. 도로만 새로 뚫렸지, 단지 조성은 이제부터 시작될 하마에와 달리 길이 복잡하게 얽힌 장소였다. 차는 지날 수 없는 좁은 길, 군데군데 일방통행 표지. 하마에 현장과 니시모리 현장에서 공통점은 찾을 수 없었다.

그래도 나는 편의점 고기 호빵으로 점심을 때우고 고사시 현장으로 향했다. 히야에게는 이제 됐으니 그만 돌아가라고 했다. 하지만 이 녀석은 싱글싱글 웃으며 고개를 젓고 따라왔다. 사실 혼자였다면 피로와 추위에 굴복해 나도 중간에 돌아갔을 것이다.

하지만 고사시 현장도 그런 끈기를 발휘해가면서까지 봐야 할 장소였는지는 심히 의심스럽다.

고사시 1가 자재 창고는 비교적 찾기 쉬웠다. 어이없게도 소방서 두 건물 옆이었다. 이 거리라면 달려서 불을 끄러 갈 수도 있었겠다.

자재 창고는 찾아냈지만 거기가 정말 불이 난 현장이라는 증거는 없다. 그곳은 사람이 다니지 않는 공터였다. 낡은 주택들 사이에 목재와 철골이 몇 개 굴러다니고 있을 뿐이었다. 방화 흔적은 없었다. 깨끗하게 치운 뒤였다. 불에 탄 것은 폐자재 하나뿐이었으니 치워버리면 끝이다. 애초에 폐자재라니 뭐였을까. 어쩌면 그냥 판자 조각이었을지도 모른다…….

역 앞 햄버거 가게에서 히야에게 들키지 않도록 작은 한숨을 쉬었다. 니시모리와 고사시 현장은 비슷한 구석이 없지는 않았다. 둘 다 주택가였고, 둘 다 비교적 너저분한 곳이었다. 하지만 그뿐이다. 연쇄 방화와 연관 지어 쓸 만한 단서도 떠오르지 않고, 오늘 하루를 낭비한 것만 같아 유달리 더 피곤했다.

말없이 햄버거를 베어 물었다.

나 혼자였다면 그러려니 하겠지만 히야도 휴일을 낭비하게 만들었다. 그게 미안했다. 그런 상태에서 '세 곳에서 쓸 만한 걸 못 찾았으니 아카네베에도 가보자'라는 말은 도저히 할 수 없었다.

아니, 아직이다. 덜컥 결론을 내리기 전에 세 현장에 뭔가 규칙은 없었는지 필사적으로 고민했다. 고민에 고민을 거듭해보고, 그래도 아무것도 떠오르지 않으면 그때는 히야에게 헛걸음하게 한 것을 사과하자.

비닐하우스 옆 공터.

손바닥만 한 공원의 휴지통.

단독주택 사이의 자재 창고.

새로 난 도로, 속도제한 표지판, 삼거리와 전봇대, 공원을 차례로 되짚어보았다.

전부 오늘 본 것들이고, 익숙한 듯하면서도 처음 보는 듯한 그런 풍경들뿐이었다. 내가 사는 곳도 아니고 친구가 사는 곳도 아니다. 그런 동네를 일부러 찾아가 구석구석 살펴본 적은 처음이다. '이게 주택가라는 건가.' '그렇군, 상점가하고는 다르구나.' 그런 멍청한 생각을 하기는 했다. 하지만 그런 잡생각을 《월간 후나도》에 쓸 수는 없다.

"애초에 말이야."

히야의 목소리가 내 사고를 방해했다. 대단한 생각을 하고 있었던 건 아니지만.

"뭐가?"

"보아하니 우리노는 이게 연쇄 방화 사건이고, 동일 인물의 범행이라고 생각하고 있지?"

"맞아."

"그 이유를 못 들었어. 내가 신문기사를 보여주기는 했지만 같은 범인의 소행이라고 말하지는 않았잖아."

조금 놀랐다. 히야가 그 점을 깨닫지 못했다니.

……아니, 그렇지 않다. 히야는 알고도 남을 녀석이다. 알면서도 굳이 내 입으로 말하게 하려는 것이다. 나는 히야의 배려를 알아차렸다. 말을 하도록 유도해 내가 생각을 정리하도록 도우려는 것이다.

감사히 받아들이기로 했다.

가방에서 서류철을 꺼냈다. 히야가 준 파일은 내가 몇 장의 메모를 끼워놓아 조금 두꺼워졌다.

"요일에 공통점이 있어."

서류철을 펼쳤다. 나는 서류철 양면에 걸쳐 작년 달력을 붙여놓았다.

"네가 준 기사는 둘 다 토요일 신문에 실려 있었어. 불이 난 건 금요일이야. 사토무라가 얘기해준 하마에 방화도 금요일이었을 가능성이 높아. 세 번 다 똑같이 금요일에 일어났어. 0시가 넘었으니 정확히는 토요일이지만. 게다가 달력을 잘 보면 알 수 있는데, 전부 두 번째 금요일이야."

히야는 고개를 끄덕이며 눈짓으로 뒷말을 재촉했다.

"화재 규모도 비슷해. 조금 타오르다가 금방 진화돼. 하마에 때는 애초에 제대로 불이 붙기나 했는지 의심스러워. 뭐랄까, 이렇게 비슷한 수준의 폭력성을 고려할 때 범인은 동일인물일 것 같아."

말하는 도중에 마음에 걸리는 점이 있었다. 그게 무엇인지 고민하다가 문득 깨달았다.

"비슷한 수준이 아니네. 조금씩이지만 심해지고 있어. 처음에는 베어낸 풀더미였고, 불은 치솟지 않았어. 다음은 휴지통이었는데 불이 붙었다가 꺼졌지. 그리고 자재 창고. 만약 점점 심해지고 있다는 견해가 옳다면 세 사건의 범인이 동일 인물이라는 논거가 될 수 있지 않을까?"

"좋아, 우리노. 이제 조금 신문부 같네. 그리고?"

나는 서류철을 뒤적였다. 축소 복사해 두 번 접은 기라 시지도. 꺼내서 펼쳤다.

"여기가 하마에. 여기가 니시모리. 여기가 고사시."

오늘 우리가 다닌 루트를 가리켰다. 손가락은 지도 왼쪽만 훑고 오른쪽으로는 거의 가지 않았다.

"이 세 동네는 서로 떨어져 있어. 니시모리하고 고사시는 가깝지만 하마에는 조금 떨어져 있지. 하지만 이 넓은 기라시에서 수상한 화재가 서쪽에만 치우쳐 있다는 건 확실해."

히야는 지도를 들여다보며 흐음, 하고 신음했다. 일부러 놀라는 척하는 것 같지는 않았다.

"정말이네. 전체 지도로 보니 의외로 뭉쳐 있어."

"그리고 어제가 1월 두 번째 금요일."

그걸 알면서도 어제 신문을 확인하지 않았다는 것은 아직 사건을 조사한다는 자각이 부족하다는 증거였다. 규칙을 알고 있었으니, 어제 방화 사건이 일어날 줄 알아야 했다. 그런데 과거의 세 사건에만 정신이 팔려 이번 달에 어떻게 되리라는 예측까지는 머리가 돌아가지 않았다.

다음달부터는 그러면 안 된다. 반성하면서 지도 위를 가리켰다.

"여기가 아카네베. 남서부야."

"뭐, 그러네. 정확히는 남남서인가."

"앞으로도 서쪽에 치우칠지, 아니면 더 확장될지, 그건 모르겠지만."

의자 등받이에 몸을 기댔다. 별로 편한 의자는 아니다.

"하나같이 결정타는 못 돼. 하지만 어렴풋이 동일범의 소행으로 추정하기에는 충분해."

"그렇군. 그럼 다음에 불이 나면 도움이 되겠다. 데이터가 늘잖아."

위험한 소리를 한다……. 나도 그렇게 생각하긴 했지만.

하지만 이야기하다가 문득 깨달았다.

나는 네 번의 방화에서 공통점을 찾으려 했다. 하지만 생각해보면 공통점은 없어도 상관없지 않을까?

가령 마작에서는 '일만一萬' 패가 세 개 모이면 '커쯔刻子'라고 한다. 하지만 일만, 이만, 삼만으로 이어지면 '슌쯔順子'라고 부르고, 이 역시 완성된 패다. 가령 방화 현장에 항상 'A'라고 적힌 종이가 떨어져 있다면 그것은 공통점이다. 그리고 'A' 다음에 'B', 'B' 다음에 'C'라고 적힌 종이가 떨어져 있다면 이 역시 커다란 의미를 가진다.

하마에, 니시모리, 고사시, 아카네베. 순서대로 혹은 그 위치에 따라. 뭔가 숨겨진 의미가 있지는 않을까?

지도를 뚫어져라 쳐다보았다. 아니, 사실은 지도를 본 것이 아니다. 오늘 본 것을 하나하나 머릿속에 떠올리고 있었다.

히야는 갑자기 입을 다물어버린 나를 어떻게 생각했을까? 이 녀석은 아무 말 없이 감자튀김을 씹어먹고 있었다. 그렇게 몇 분쯤 지났을까? 돌연 사이렌 소리가 역 앞에 울려 퍼졌다.

"아, 설마 또?"

히야가 중얼거렸다.

고개를 번쩍 들자 소방차 한 대가 사이렌을 울리며 역 앞 혼잡한 도로를 달려가고 있었다. 차체에 "가미노마치 2"라고 적혀 있다. 아무리 긴급 상황의 소방차라 할지라도 다른 차를 들이박고 밀어낼 수는 없다. 사이렌만 시끄럽지, 소방차는 진로가 막혀 답답하게 기어가고 있었다.

늦지 않아야 할 텐데. 그렇게 생각하며 멍하니 보고 있었다.

막연한 생각이 떠오른 것은 바로 그때였다.

설마 하고 바로 웃어넘겼지만 확인해볼 가치는 있었다.

4

　그날 밤은 책을 읽고 있었다. 12시가 넘었을 즈음 사이렌 소리가 들렸다. 이건 소방차구나, 그런 생각을 하고 있는데 소리가 점점 가까이 다가와 깜짝 놀랐다. 침대에 엎드려 있다가 몸을 일으켜 창가로 다가가자 시뻘겋게 일렁이는 불빛이 또똑히 보였다. 불이다. 대피해야 할 만큼 가깝지는 않다. 소방차 사이렌도 어느 정도 가까워지다가 다시 멀어졌다.

　나는 멍하니 불길을 바라보았다. 어두워서 거리를 가늠하기 어렵지만 아마도 강변 쪽이 아닐까? 강둑 위에 조깅할 수 있는 길이 있고, 철교 밑에는 이따금 불량배들이 어슬렁거린다.

　불에 탈 만한 게 있었던가? 아니면 거리를 잘못 잰 걸까?

　사이렌 소리가 잠잠해지자 하품이 나왔다. 책을 덮고 깊은

　　　　　　　　　　　　가을철 한정 구리킨톤 사건 (상)

잠에 빠졌다.

새해를 맞이한 게 엊그제 같은데 정신을 차리고 보니 벌써
2월이다. 요지경이다. 토요일 아침, 나는 산책을 나섰다. 아
침 산책이라니, 소시민으로서는 더없이 훌륭한 행위다.

봄기운이 완연하다고 하기에는 아직 멀었지만 햇볕이 너무
따사로워 보여 목도리를 두르지 않았다. 집에서 나와 몇 걸음
떼자마자 후회했다. 공기는 2월의 신랄함을 여지없이 보여주
었다. 언제였던가, 나카마루와 둘이서 파노라마 아일랜드에
갔을 때 산 기다란 커플 목도리도 있는데, 굳이 추위에 떨고
있다.

한번 신은 신발을 벗고 방으로 되돌아갈 만큼 못 견딜 추위
는 아니다. 게다가 목적지는 어차피 그리 멀지도 않다. 나는
그대로 코트에 고개를 묻고 걸음을 뗐다.

어차피 간밤에 사이렌이 어디에서 들려왔는지 방향조차 모
른다. 하지만 불길은 똑똑히 보았다. 나는 직접 구운 토스트
로 배를 채우고 아침 일찍 구경하러 나선 것이다.

주머니에는 휴대전화, 그리고 동전 몇백 엔. 과거 어느 거
짓말쟁이 소녀와 함께 행동했을 때는 홍차나 커피, 그리고 몇
개의 케이크 때문에 돈이 줄었다. 나카마루와 사귀는 지금은

왠지 옷값이 많이 든다. 봄 방학에는 아르바이트라도 해야 할지 모르겠다.

도중에 자동판매기에서 캔 커피를 샀다. 캔을 바로 따지 않고 손난로 대신 옆구리에 끼고 손은 주머니에 찔러넣은 채로 터덜터덜 걸었다. 십 분쯤 걸어가면 강변이 나오는데, 이게 또 얼마나 추운지. 기라 시에 흐르는 강은 지류를 빼면 크게 두 줄기가 있는데, 둘 다 강폭이 십 미터쯤 되는 넓은 강이다. 자연히 강변도 넓고 그만큼 겨울 북풍이 혹독하게 불어온다. 캔 커피도 순식간에 미지근해졌다.

그런 가혹한 환경에 인파가 모여 있었다. 두꺼운 옷을 껴입은 구경꾼이 몇 명. 그리고 제복을 입은 사람도 몇 명 보였다. 저건 경찰일까 아니면 소방 관계자일까? 겉으로만 봐서는 알 수가 없다. 제복에 대해서는 아는 바가 없다 보니. 제복을 입은 사람들은 어젯밤 화재를 조사하는 듯했다.

저쪽 아닌가 하는 짐작만으로 단번에 현장을 찾아내다니, 내 방향 감각도 아직 쓸 만하군. 너무 천천히 걸으면 오히려 더 추우니 잰걸음으로 인파에 다가갔다.

"자, 자, 물러서요. 물러서세요."

제복을 입은 아직 젊은 사람이 쉴 새 없이 외쳐대고 있었다. 구경꾼들은 충분히 멀찍이 떨어져 있는 것 같은데⋯⋯.

가을철 한정 구리킨톤 사건 (상)

뭐, 구경꾼들의 존재 자체가 거슬리는 건지도 모른다. 나도 그 일원이 되어 인파의 중심을 슬쩍 들여다보았다.

휴일을 어떻게 보내야 할지 모르겠다는 듯한 초로의 남성 두 명이 옆에서 이런 이야기를 했다.

"아까워라. 이리됐으니 이제 못 쓰겠네."

"애초에 버려진 거잖아. 차라리 날 주지."

거기에는 예상대로 불에 탄 물체가 있었다. 시커멓게 그은 그것은, 자동차. 라이트밴. 새까맣게 홀랑 탄 건 아니라서, 원래는 크림색이었다는 걸 알 수 있다. 번호판도 남아 있었다. 창유리를 깨고 차 안에 불씨를 집어던진 모양이다. 영화를 보면 차에 불을 붙이면 순식간에 폭발하던데……. 자동차에 물기라도 있었나?

흐음. 나는 인파에서 조금 떨어졌다. 사람들 사이에 있는 게 바람을 피할 수 있어 따뜻하지만 전화를 걸어야 했다. 주머니에서 휴대전화를 꺼내 발신 기록을 찾아 전화할 작정이었다.

생각보다 어려웠다. 발신 기록은 아무리 거슬러 올라가도 '나카마루 휴대전화'뿐이었다. 찾으려는 이름이 나오지 않는다. 생각해보니 전화로 얘기한 적이 거의 없었다. 어쩔 수 없이 주소록을 뒤졌다. 겐고 휴대전화.

휴일 아침, 아직 제법 이른 시간인데도 겐고는 호출음 한

번 만에 전화를 받았다.

"어."

대답 한번 퉁명스럽기는…….

겐고, 도지마 겐고는 내 오랜 지인이다. 초등학교 동창인
겐고는 그때 나에게 결정적으로 빗나간 이미지를 품은 듯했
다. 서로 다른 중학교를 졸업하고 고등학교에서 재회했을 때
"내가 알던 그 고바토 조고로는 어디로 갔어?"라는 일방적
인 소리를 태연하게 했다. 그 고바토고 저 고바토고, 지금의
나는 평범한 소시민일 뿐인데. 인식에 차이가 있다 보니 '부
활! 과거의 우정' 이런 일은 없었다. 뭐, 초등학교 때 겐고와
우정을 키웠느냐고 묻는다면 솔직히 그런 기억도 없지만.

그렇지만 완전히 인연이 끊긴 것도 아니다. 가끔은 이야기
도 하고, 그보다 더 가끔 함께 탄탄면을 먹기도 한다. 어쩌다
겐고에게 뭔가 부탁할 때마다 어째선지 겐고는 죽어라 자전
거를 몰게 되지만, 오늘만큼은 그럴 걱정도 없다.

"여, 겐고. 아침 일찍 미안."

"그렇게 일찍도 아닌데. 왜?"

역시나 아침형 인간.

바로 핵심으로 들어가도 상관없지만 어차피 나중에 얘기할
테니 다른 용건부터 해결하기로 했다.

"갑자기 미안. 전에 의논했던 거, 그후에 어떻게 됐나 궁금해서."

전화 너머에서 당혹스러워하는 기색.

"의논? 뭐 말이야?"

그러고 보니 그건 의논이 아니었다. 오히려 경고나 충고, 그런 종류였을까. 어쨌거나 겐고가 기억해낼 수 있도록 말해주었다.

"왜, 신문부가 간섭받고 있다고 했잖아. 방과후에 일부러 불러내서 영문 모를 소리를 하며 신신당부했다고."

"아아…….."

기억난 모양이다.

"오사나이 말이야?"

"그래, 그거."

작년 11월 말이었을까, 12월 초였을까. 웬일로 겐고가 전화를 했다. 용건은 아리송했다. 겐고도 무슨 일이 벌어졌는지 잘 모르는 눈치였다.

오사나이, 오사나이 유키가 겐고를 불러내 이렇게 말했다는 것이다.

—도지마, 여름방학 때 있었던 일은 신문에 쓰지 마. 하지

만 다른 일은 이것저것 써보면 좋을 거야.

그후 내게 전화한 겐고는 아무래도 석연치 않은 기색이었다. '여름방학 때 있었던 일'이 무엇을 가리키는지는 뻔했다. 작년 여름방학 때 오사나이는 소소한 문제에 휘말려 꼬집히고 머리카락을 잡아채이고 덤으로 납치도 당했다. 그것을 말하는 것이다.

그 일에는 겐고도 다소 관여했다. 아니, 내가 끌어들였다. 신문부 부장인 겐고에게 오사나이가 기사로 쓰지 말아달라고 부탁하는 것은 당연한 일이다.

겐고가 의아해하는 이유는 그 전후 상황 때문이다. 겐고는 이렇게 말했다.

—마침 신문부에서 학교 밖 문제를 기사로 다루자고 주장하는 녀석이 있거든. 하필 그 여름방학 때 일을 쓰려고 하더라고. 이래저래 토를 달아 말리긴 했는데. 그랬더니 오사나이가 와서 그런 의미심장한 소리를 하는 거야. 야, 조고로. 난 너를 잘 모르겠어. 하지만 오사나이는 너보다 더 모르겠어. 너, 뭐 아는 거 없어? 누가 신문부를 함정에 빠뜨리려는 거라면 나도 대책을 강구해야 해.

나는 아무것도 몰랐다. 오사나이와 나는 이미 다른 길을 걷고 있으니까.

그런 줄 알았는데.

휴대전화 너머에서 겐고가 말했다.

"그거 말이야, 역시 이상한 방향으로 굴러갔어. 학교 밖 문제를 기사로 쓰고 싶어 하는 녀석이 있다고 말했지? 네게 의논하고 얼마 안 돼서 편집회의 때 또 그 의제가 나와서 부득이하게 통과시킬 수밖에 없었어."

어라? 겐고는 의리가 깊고 융통성이 조금 부족하다. 한번 기각한 의제를 그렇게 금방 순순히 통과시켰을까?

"그럴 사정이 있었어?"

"의제를 제안한 게 다른 녀석이었어. 실로 타당한 이유로 '학교 밖 사안을 다룰 지면'을 가져갔어. 번거롭네, 그냥 이름을 말할게. 처음에 말을 꺼낸 건 우리노라는 1학년이야. 하지만 12월 회의 때 말을 꺼낸 건 이쓰카이치라는 또 다른 1학년이었어."

이쓰카이치는 우리노가 여름방학 후에 기각당한 제안을 12월에 다시 제출해 승인을 받아냈나. 그렇다면 오사나이의 발언은 이쓰카이치의 제안을 지원하는 의미를 지닌다…….

"이쓰카이치하고 오사나이 사이에 무슨 관계가 있는 걸까?"

겐고는 불쾌한 투로 대답했다.

"몰라."

"굳이 따지면 우리노 쪽일까. 관계가 있다고 한다면."

"난 모른다고 했잖아. 네가 더 잘 아는 것 아니야?"

글쎄.

"이번 달《월간 후나도》칼럼은 누가 썼어? 글쓴이 이름이 있었던 것 같은데, 까먹어서."

신문부 부장 도지마 겐고는 뜻밖이라는 듯 흥분한 목소리로 물었다.

"너 그걸 읽어?"

"읽으면 안 돼……?"

헛기침 소리.

"아니, 그거 읽는다는 사람은 처음 봐서."

가여운 부장이다. 그도 그럴 것이《월간 후나도》는 늘 휴지통에 처박혀 있지만.

"어쨌거나 이번 달 칼럼은 우리노가 썼어. 연쇄 방화의 다음 현장을 예측하는 기사였나……. 부상자는 없다고 해도 재미 삼아 쓸 내용은 아니야. 무엇보다 경솔하잖아. 그렇게 가십만 노릴까 봐 말렸던 건데."

"그러고 보니 그런 기사였지. 다음은 어디라고 했지?"

"아아, 분명 쓰노 아니면 고비키라고 했어. 근거는 없는 것 같았지만."

나는 잠시 망설였다. 겐고에게 '그나저나 지금 방화 현장에 있는데, 눈앞에 시커멓게 탄 차가 있고, 더군다나 여기 지명은 쓰노라더라'라는 말을 해야 하나 말아야 하나, 고민한 것이다.

뭐, 꼭 지금 말할 필요는 없나. 이유는 두 가지. 애를 태우고 싶었던 것과, 이야기가 길어지면 휴대전화 통화 요금이 올라가니까. 성과는 충분히 거두었다.

핵심으로 들어가자.

"그나저나 겐고, 실은 용건이 있어서 전화했어."

"용건?"

노골적인 경계. 나는 조금 씁쓸하게 웃었다. 그럴 만도 하다. 지난번에 내가 겐고에게 부탁을 했을 때, 겐고는 필사적으로 자전거를 모는 것에 그치지 않고 나이프에 베이기까지 했으니까.

"괜찮아. 이번에는 굉장히 평화로운 일이니까. 사진 한 장만 보내주면 돼."

"사진?"

겐고가 한 박자 뜸을 들이고 말했다.

"역시 위험한 부탁 같은데. 미리 말해두지만 나는 사진은 거의 안 찍어."

"신문부 부장이나 되는 분이 약한 소리는. 네가 찍은 게 확실한 사진이니까 부탁해. 하지만 조금 지난 일이라, 벌써 지워버리지 않았을까 그게 걱정인데."

"알았어, 말해봐."

우물우물 설명했다.

겐고는 수상하게 여기면서 없을지도 모른다고 말했지만 금방 찾아보겠다고 했다.

몇 분 기다렸다.

전화를 거는 사이에도 나는 강변을 가로지르는 바람을 맞고 있었다. 몸이 꽁꽁 얼어붙어 더는 못 견딜 정도로. 연락을 기다리는 몇 분의 시간이 괴로웠다.

손난로 대용이라고 느긋한 소리를 할 때가 아니다. 캔을 따서 달콤한 커피를 단숨에 들이켰다. 그새 많이 식어 기대한 만큼 몸을 녹여주지는 않았다. 용건만 마치고 얼른 돌아가려고 결심한 순간 마침내 연락이 왔다.

역시나 겐고, 엉성해 보이지만 중요한 것은 제대로 보존해둔 모양이다. 보내준 것은 틀림없이 내가 찾고 있는 사진이었다.

자동차. 크림색 라이트밴. 그리고 번호판이 선명하게 찍혀 있다. 숫자도 확실히 읽을 수 있다. 나는 숫자를 외웠다.

그리고 휴대전화를 주머니에 찔러 넣고 태연한 얼굴로 콧 노래마저 흥얼거리며 다시 인파 속으로 들어갔다. 사후 처리 가 한창인 방화 현장으로.

고개를 뻗어 불에 탄 자동차 번호판을 확인했다.

"으음……."

그만 신음을 흘리고 말았다.

방금 외운 숫자가 거기에 있었다.

겐고가 보내준 사진은 지난 여름방학 때 겐고가 찍은 것. 장소는 기라 시 남부 체육관. 오사나이를 납치한 패거리가 사용한 자동차로, 겐고는 훗날의 증거를 위해 이 사진을 찍 어두었다.

소년 재판은 이미 끝났고, 납치범 소녀 A 일행은 수감되었 다. 그 사건은 끝났다.

그런데 지금 눈앞에, 납치에 사용된 자동차가 검게 그을어 있다…….

다시 한번 신음을 흘려보았다.

"으음."

끙끙대봤자 딱히 떠오르는 생각도 없고, 무엇보다 너무 추워서 감기에 걸릴 것 같아 걸음을 돌렸다.

　아아, 그나저나 아침 산책은 상쾌하구나. 소시민은 건강이 제일인데, 매주 습관으로 삼는 게 좋을까? 조금 더 따뜻해지면 고려해보자.

The Special
Kuri-kinton
Case

제 3 장 / 방황하는 봄

1

(2월 1일 《월간 후나도》 8면 칼럼)

작년 가을부터 기라 시내에서 원인 불명의 화재가 연달아 발생하고 있다. 10월에는 하마에, 11월에는 니시모리, 12월에는 고사시에서 불길이 치솟았다. 이 원고를 준비하기 시작한 1월 12일, 아카네베에서 방화로 의심되는 화재가 났다는 기사가 조간신문에 실렸다. 모두 작은 불이었지만 계절상 언제든지 큰불로 번질 가능성이 있다. 후나도 고등학교에 불이라도 나면 큰일이니 가연성 물질을 방치하지 않도록 학생 여러분, 불조심에 각별히 신경써주길 바란다. 방화의 특징을 살펴볼 때 후나도 고등학교 구역이 타깃이 될 일은 없을 것이다. 다음

조건에 부합하는 것은 쓰노 혹은 고비키 부근으로 추정되는
데, 불이 나기 전에 범행을 저지할 수 있기를 간절히 바란다.
(우리노 다카히코)

(2월 9일 《요미우리 신문》 지역면)

기라 시 쓰노에서 원인 불명의 화재, 자동차 전소

9일 오전 0시경, 기라 시 쓰노 정 3가 강변에서 자동차가 불
에 타고 있는 것을 이웃 주민이 발견하고 119번으로 신고했
다. 소방서에서 진화에 나섰지만 자동차는 전소, 부상자는
없었다. 불에 탄 자동차는 몇 달 전부터 방치되어 있었던 것
으로 추정된다. 기라 경찰서는 방화 가능성을 조사하고 있다.

내 기사는 바람대로 일종의 예언서가 되었다.

오사나이 앞에서 나는 소원대로 무뚝뚝한 표정으로 툭 내
던지듯 두 개의 기사를 나란히 내밀었다.

오사나이의 반응은 실로 의아했다.

원래 오사나이는 감정 기복이 그리 크지 않다. 아니, 사실
은 클지도 모르지만 얼굴에 드러나는 일이 거의 없다. 웃을
때도 미소, 화가 난 것으로 보일 때도 그저 입을 다물 뿐이라
뚜렷하게 감정이 드러났다고 할 만한 표정을 보인 적이 없다.

그런데 이 기사를 보았을 때는 강렬한 반응을 보였다. 마치 목덜미에 칼이라도 들어온 것처럼 얼어붙더니 두 기사에서 눈을 떼지 못했다.

교통사고나 다름없는 방과후 고백으로부터 이제 곧 반 년. 하지만 나는 오사나이의 이해력이 어느 정도인지 아직 확신이 없었다. 평소에는 멍하니 케이크에 대한 관심밖에 없어 보이기도 한다. 하지만 애초에 내가 오사나이에게 끌린 이유는 도지마 부장에게 보였던 신비한 옆얼굴이었다. 잊고 있었던 그 표정을 떠올렸다. 기사를 보는 오사나이의 눈은 숨을 삼킬 정도로 날카로웠다.

나는 이 기사에 대해 매우 자부하고 있었다.

이 넓은 기라 시에서 다음 방화 현장을 정확히 맞혔다. 그것도 경찰관도 기자도 아닌, 일개 후나도 고등학교 신문부원인 우리노 다카히코가! 이게 얼마나 어려운 일이고, 통쾌한 일인지. 이 훌륭한 기사에 오사나이가 어떤 찬사를 보내줄지 상상만 해도 즐거웠다.

하지만 오사나이는 겨우 몇 초만에 기사에서 눈을 떼더니 긴장을 풀고 이렇게 중얼거렸다.

"맞아떨어지네."

오사나이가 그 짧은 시간에 《월간 후나도》가 실제 사건을 예측했다는 사실 관계를 인식했다는 것 자체가 상당히 놀랍기는 했다. 하지만 그보다 놀라운 것은 그러고 나서 살짝 웃으며 이렇게 말한 것이었다.

"한 번만으로는 아직 몰라."

내가 《월간 후나도》에 필사적으로 열을 올리는 이유는 첫 번째가 우리노 다카히코의 이름을 후나도 고등학교의 역사에 새기기 위해. 하지만 오사나이와 사귀면서 오사나이에게 멋진 모습을 보여주고 싶다는 게 두 번째 목적이 되었다. 히야에게 빚을 갚는 게 세 번째.

그런 오사나이가 인정해주지 않으니 모처럼 쓴 기사도 평가가 반감했다. 내 낙담은 그 정도로 컸다.

*

그리고 한 달 후.

한 번만으로 알 수 없다면 두 번, 세 번 거듭하면 된다. 3월, 이번에는 일요일. 나는 오사나이와 만나기로 약속했다.

벌써 사귄 지 반 년이나 되는데 오사나이와 휴일에 만난 적은 거의 없다. 동아리에 들지 않은 오사나이는 만나고 싶다고 문자를 보내면 바로 승낙해준다. 다만 어쩐지 휴일의 사생활을 방해하기가 미안했다.

그렇게 투명하고 얇지만 부서지지 않는 껍질 같은 것이 우리 사이를 아슬아슬하게 방해하고 있다. 억지로 밀어붙이면 산산이 부서져서, 그대로 오사나이까지 부서질 것만 같아 여태 손 한번 못 잡아보고 있다.

이번에도 용기를 쥐어짜내서 겨우 연락했다. 그런데 대답이 어찌나 쌀쌀맞은지, 이건 어떻게 좀 고쳐줄 수 없을까. "낮에 잠깐 만날 수 있어? 보여주고 싶은 게 있어"라고 보냈더니 돌아온 대답은 "응"이 전부였다. 손재주가 좋아 보이지는 않으니 문자 입력이 서툰 걸지도 모른다.

약속 장소인 교차로, 오사나이는 셔터를 닫은 가게 처마 그늘에 숨어 문고본을 읽으며 기다리고 있었다.

"기다렸어?"

말을 걸자 오사나이는 앞머리에 가린 시선을 살짝 들더니 문고본에 책갈피를 끼웠다.

"조금."

손목시계를 보니 십 분쯤 지각했다. 히야와 통화하느라 그랬는데, 문자로 연락할걸 그랬다.

그나저나 오사나이와 사귀는 반년 동안 나는 대체 카페를 몇 군데나 들어갔을까.

"있지, 좋은 가게가 있어."

그런 한마디로 오늘도 낯선 가게에 끌려간다. 조금 낡은
빌딩 반지하에 있는 탈리오라는 가게였다.

오사나이는 숙고 끝에 "오늘은 이거" 하고 크림 브륄레를
주문했다. 나는 평소처럼 커피만. 주방에만 신경을 쓰는 오
사나이 앞에 《월간 후나도》 3월호와 토요일 신문 지역면 기
사를 나란히 펼쳤다.

(3월 3일 《월간 후나도》 8면 칼럼)

지난달 칼럼에서 소개한 연쇄 방화 소식과 관련해, 안타깝
게도 새로운 사건이 발생하고 말았다. 2월 9일, 쓰노 강변에
서 불이 나 방치되어 있던 자동차가 전소했다. 그간의 사건보
다 불길은 강력했지만 다행히 휑한 강변이라 피해는 최소한
에 그쳤다. 이 사건은 조간 지역면 기사에도 실렸으므로 아
는 사람들도 많을 것이다. 본 칼럼에서는 더이상 피해가 커지
지 않도록 온 힘을 다해 범인의 다음 목표를 찾아내고자 한
다. 다음 표적은 도마 정 또는 가지야 정, 혹은 히노데 정일지
모른다. 해당 지역에 거주하는 학생 여러분은 물론, 다른 지
역의 여러분도 가연성 쓰레기는 집밖에 내놓지 않도록 조심
하시길. (우리노 다카히코)

> (3월 15일 《마이니치 신문》 지역면)
>
> **기라 시에서 원인 불명의 화재**
>
> 15일 오전 0시 15분경, 기라 시 히노데 정에서 버스 정류장 벤치가 불에 타고 있는 것을 통행인이 발견했다. 인근 주민이 진화에 나서 불은 벤치를 태우고 곧 꺼졌다. 기라 경찰서에서는 방화 가능성을 조사하고 있다.

벤치 밑에 버려져 있던 잡지 뭉치에 누가 불을 질렀다. 플라스틱 벤치는 불에 그을어 형태가 일그러졌지만 전소하지는 않았다고 한다. 현장을 보러 간 김에 이웃 주민에게 물어보고 왔다.

"어때?"

오사나이에게 물었다. 그때 공교롭게도 하필 웨이트리스가 케이크를 가져왔다. 하얗고 동그란 작은 컵 표면에 먹음직스럽게 구워진 갈색 캐러멜이 덮여 있었다. 오사나이는 몸을 조금 내밀어 냄새를 맡더니 행복한 표정으로 중얼거렸다.

"향기로워……."

오사나이의 시선은 크림 브륄레에서 떨어질 줄을 몰랐다. 어쩌면 내가 《월간 후나도》를 내민 것조차 깨닫지 못했을지 모른다. 바로 기사를 읽어주길 바랐지만 이 순간의 오사나이는 행복 그 자체나 다름없는 표정을 짓기 때문에 이쪽 좀 보라고 말하기도 어렵다.

"캐러멜리제를 깨는 순간에는 늘 금단의 쾌락을 연상해."

오사나이가 스푼을 들어 표면의 캐러멜을 몇 번 찔러대자 이윽고 챙 하는 작은 소리와 함께 캐러멜이 깨졌다.

그나저나 오사나이의 금단의 쾌락은 무엇일까. 무전취식 같은 걸까?

첫 한입을 삼킨 뒤에도 오사나이는 아무 말이 없었다. 표정이 멍하다.

"어때?"

한 번 더 묻자 오사나이는 화들짝 정신을 차리고 어째선지 자랑스럽게 말했다.

"커스터드 슈가 그렇게 맛있으니 여기 크림 브륄레 맛이야 확실하지. 달걀의 승리야."

그거 다행이네. 다음은 내 차례다.

"어때?"

세 번째로 묻자 오사나이는 마침내 진지한 표정으로 스푼을 거두었다. 기사를 손에 들고 진지하게 보고 있다. 두 번째라 그런지 그리 반응이 크지 않았다. 아니, 역시 지난달의 격

가을철 한정 구리킨톤 사건 (상)

렬한 표정 변화가 이례적이었던 것이다.

다 훑어보고 기사를 내려놓더니 오사나이는 정체 모를 한숨을 쉬었다. 황당하다는 투도 아니고 지긋지긋하다는 투도 아니다. 이윽고 가만히 웃더니 다시 스푼을 들고 이렇게 말했다.

"굉장해."

그리고 스푼으로 허공을 빙글 휘저었다.

"……미안해. 사과할게. 나, 우리노가 이렇게까지 할 줄은 몰랐어. 응, 노력가는 싫지 않아."

나는 테이블 아래서 주먹을 불끈 쥐며 기뻐했다.

오사나이가 스푼을 크림 브륄레에 꽂아 또 한입. 날름 핥아먹으며 꽃처럼 웃었다.

"참 잘했어요."

아이 대하듯 칭찬하는 말에 나는 웃을 수밖에 없었다.

후나도 고등학교에서는 조금 더 확실한 반응이 있었다.

월요일, 학교에 나온 나에게 원예부 사토무라가 달려든 것이다.

"우리노! 이거 정말 네가 쓴 거야?"

활달해서 반에서도 눈에 띄는 사토무라가 달려오자 친구들까지 몰려와 아직 가방도 내려놓지 않은 나를 에워쌌다.

사토무라가 손에 든 것은 《월간 후나도》 3월호였다. 앞면이 아니라 뒷면을 펼쳐 손가락으로 가리키고 있는 것은 물론 내 칼럼이다. 다소 놀라긴 했지만 나는 바로 당당하게 말했다.

"맞아, 네가 해준 얘기도 큰 도움이 되었어. 그러고 보니 고맙다는 말을 못했네."

"그런 건 됐고, 너 알고 있어?"

사토무라가 은근히 목소리를 낮추었다.

"우리집 근처에서 불이 났어. 히노데 정. 지난 토요일. 어라? 금요일이었나?"

"금요일 심야니까 날짜로는 토요일이겠지. 알아."

"역시 알고 있구나. 그렇다면 네 기사, 또 적중한 거잖아!"

나는 씨익 웃으며 고개를 끄덕였다.

사정을 모르는 다른 녀석들이 "어? 무슨 소리야?" 하고 사토무라에게 설명해달라고 졸랐다. 나는 가방을 책상에 내려놓고 그 서류철을 꺼냈다.

"'또'라고 했지. 지난달에도 맞혔다는 거 알고 있었어?"

"아, 응. 원예부 선배가 비닐하우스 화재가 기사에 나면 낭패라고 주목하고 있었거든. 그래서 알게 되었는데, 우연인 줄 알았어……."

《월간 후나도》는 2월의 성과에도 불구하고 여전히 읽는 사람이 많지 않다. 하지만 사토무라는 신문부가 방화 사건을 쫓고 있다는 것을 알고 있다. 어쨌거나 자기 동아리가 피해를 입었으니 기사도 꼼꼼히 읽었겠지. 그래도 오사나이와 마찬가지로 한 번만으로는 감탄하지 않았던 모양이다.

"봐, 여기."

사토무라는 아무 말 없이 내 서류철을 집어 들어 지난달 《월간 후나도》를 찾아내더니 주위에 몰려든 친구들에게 설명하기 시작했다.

처음에는 사토무라의 친구들뿐이었는데 다른 아이들도 궁금했는지 와글와글 몰려들었다. 개중에는 이런 말을 하는 녀석들도 있었다.

"아, 쓰노에서 난 불은 나도 알아. 자동차가 불에 탔잖아, 직접 봤어."

"고사시면 근처인데. 그러고 보니 화재가 났다는 얘길 들었어."

1학년 C반 교실이 순식간에 와자지껄해졌다. 소동의 중심은 사토무라지만 그녀가 손에 들고 있는 것은 내 서류철.

지난달 기사에는 가시적인 반응이 없어서 이번 달에 이렇게 대접이 달라질 줄은 생각도 못 했다. 처음 학교 밖 문제를 기사로 쓰기로 결심한 게 지난해 9월. 우여곡절은 있었지만.

이윽고 사토무라가 내 쪽을 돌아보았다.

"우리노, 어떻게? 어떻게 안 거야? 너희 뭐 알고 있는 거야?"

그 목소리에 반응해 아이들의 시선이 내게 쏠렸다. 글자 그대로 한몸에 주목을 받은 내 옆에 어느새 히야가 와 있었다. 녀석은 내 어깨에 손을 턱 올리고 연극조로 말했다.

"어차피 그건 다음 호를 기대하시라, 이거 아니겠어? 그렇지? 신문부!"

그렇다, 다음 호를 기대하시라. 다다음 호를 기대하시라. 당분간은 이걸로 관심을 끌어야겠다. 나는 고개를 크게 끄덕거리며 말했다.

"물론이지!"

나는 진심으로 이 기사를 쓰길 잘했다고 생각했다.

추위에 떨기도 했고 불안하기도 했다.

하지만 나는 성취해낸 것이다.

반응은 잇따랐다.

그날, 6교시 수학이 끝나자마자 교내 방송이 나왔다.

"1학년 C반, 우리노. 당장 학생 지도실로 오도록. 반복한다. 1학년 C반, 우리노. 학생 지도실로 오도록."

신문부에 갈 생각이었던 나는 가방을 손에 들고 고개를 갸웃거렸다. 호출이라니, 중학교 때는 한 번도 겪어보지 못한 일이다. 대체 무슨 용건인가 갸우뚱거리는데 옆에 있던 히야가 말했다.

"분명 그 기사 때문일 거야."

도지마 부장이 신신당부해서 그런 건 아니지만 나는 취재할 때 조심했다. 히야와 함께 갔던 1월의 그 취재. 그리고 그후에도 이것저것 조사하면서 여러 사람들에게 이야기를 들었다. 하지만 부장이 걱정할 만한 사태는 한 번도 없었다.

그러니 아마도 《월간 후나도》는 상관없을 것이다. 그럼 대체 이유가 뭘까. 짐작도 못 한 채 나는 학생 지도실로 향했다. 인연이 없는 곳이라 어디에 있는지도 몰라 조금 헤맸다. 십 분 정도는 걸린 것 같다.

겨우 찾아낸 학생 지도실 문 앞에 서서 살짝 숨을 고르고 문을 두드렸다. 안에서 목소리가 들려왔다.

"들어와."

교무실에는 몇 번이나 가보았지만, 학생 지도실은 처음이었다. 지저분한 곳이라는 게 첫 인상이었다. 온수기와 싱크

대가 있었는데, 차가 남아 있는 찻잔이 네다섯 개 놓여 있었다. 교사용 책상은 여섯 개, 전부 서류인지 폐지인지 모를 종이에 파묻혀 있어 빈말로도 깔끔하다고는 할 수 없었다. 이 작은 방에 두 사람이 있었다. 한 명은 나를 불러낸 것으로 보이는 학생 지도부 선생님. 또 한 명은 도지마 부장이었다.

선생님은 자글자글한 파마머리에 콧수염을 기르고 있었다. 거리에서 마주치면 십중팔구 야쿠자로 오해할 것이다. 이름은 모른다. 심지어 옅은 색 선글라스까지 끼고 있다. 렌즈 너머 날카로운 눈으로 나를 노려보았다.

"네가 우리노냐. 왜 이리 늦었어?"

유난히 나직한 목소리였다. 이런 걸 으름장을 놓는다고 하는 걸까.

"이리 와."

나는 시키는 대로 도지마 부장 옆에 섰다. 그러자 선생님 책상 위에 놓인 《월간 후나도》가 보였다. 부장의 모습을 봤을 때 눈치는 챘지만 신문부 일 때문에 호출한 것이다. 히야의 추측이 옳았다.

선생님은 《월간 후나도》 위에 손을 얹었다.

"너희들, 이렇게 마음대로 굴어도 되는 줄 알아? 엉? 이건 뭐야, 설명해봐!"

처음부터 유독 위압적이다. 솔직히 나는 오금이 저렸지만 도지마 부장은 또렷하게 대답했다.

"신문부에서 내는 《월간 후나도》입니다."

갑자기 선생님이 버럭 고함을 질렀다.

"그런 걸 묻는 게 아니야! 선생을 우습게 봐? 이 기사는 대체 뭐냐고 묻는 거다!"

철체 책상을 손바닥으로 내리치자 쾅, 하고 펄쩍 튀어오를 정도로 커다란 소리가 났다. 하지만 위협할 생각이었다면 그건 역효과였다. 책상을 내리친 순간, 쌓여 있던 서류가 무너져 바닥에 와르르 쏟아졌기 때문이다. 나는 겁을 먹기는커녕 웃음을 참기도 힘들었다.

부장은 웃지 않았다.

"지난 몇 달 사이 기라 시내에서 발생하고 있는 연쇄 방화에 대해 쓴 칼럼입니다."

"그런 건 보면 알아, 멍청한 녀석!"

선생님은 서류가 무너져 더더욱 머리에 피가 쏠렸는지 침까지 튀겨가며 외쳤다.

"그게 너희하고 무슨 상관이야? 지금 장난하는 거냐?"

"전교 학생들에게 불조심에 대해 경각심을 일깨워주려는 것입니다. 방화가 잇따르고 있으니 더더욱."

"그런 걸 묻는 게 아니라고 하잖아, 이 자식이!"

나는 혼란스러웠다. 부장은 묻는 말에 순순히 대답하고 있다. 너무 태연자약해 건방져 보일지도 모르지만 질문에는 빠짐없이 대답하고 있다. 선생님이 정말 묻고 싶은 게 뭔지 도통 알 수가 없었다.

끝이 없다고 생각했는지 부장이 이야기를 가로챘다.

"선생님. 그러니까 피해를 예측한 게 마음에 안 드시는 겁니까?"

그러자 이번에는 손바닥이 아니라 주먹으로 책상을 내리쳤다. 그나마 남아 있던 서류도 바닥에 떨어졌다.

"입다물어, 내가 말하고 있잖아! 마음에 들고 안 들고 하는 문제가 아니야. 너희는 고등학생씩이나 되어서, 해도 될 일과 안 될 일도 구분 못 해!"

선생님이 잔뜩 구겨진 《월간 후나도》를 움켜쥐고 우리에게 내밀었다.

"확실한 근거도 없이 멋대로 써대다니. 무슨 일이 생기면 너희가 책임질 수 있어? 혹시 너희가 직접 불을 지른 건 아니겠지?"

부장은 한동안 침묵했다.

불같은 고함을 쉴 새 없이 듣다 보니 아무래도 주눅이 든 건가 싶었다. 하지만 아니었다. 이윽고 부장은 아까보다 훨씬 차분한 목소리로 되물었다.

"선생님은 신문부가 방화범이라고 생각하시는 겁니까?"

"엉?"

그래도 위협하는 선생님. 하지만 부장의 비난이 제대로 먹힌 것은 명백했다. 아차 하는 기색이 눈가에 똑똑히 묻어났다.

대조적으로 도지마 부장은 조용한 분노를 드러냈다.

"신문부를 범죄자 취급하신다면 고문이신 미요시 선생님도 함께 모시고 말씀을 들어야겠는데요."

신문부 고문이라는 건 알고 있지만 미요시 선생님을 실제로 본 적은 없다. 그분이 굉장한 선생님인 건지, 아니면 단순히 다른 사람이 끼면 곤란한 건지, 학생 지도교사는 노골적으로 혀를 찼다.

"어린놈이 입만 살아서. 너 같은 녀석이 나중에 말만 번드르르한 인간쓰레기가 되는 거야! 남이 하는 말은 잠자코 들어!"

이쯤 되면 완전히 트집이다. 나도 더는 못 참겠다 싶었는데 부장이 살짝 손을 들어 막았다. 그러더니 우렁찬 목소리와 함께 깍듯하게 고개를 숙였다.

"근거 없는 기사는 쓰지 않도록 앞으로 주의하겠습니다. 심려를 끼쳐 죄송했습니다."

아마도 선생님은 아직 할말이 더 남아 있었을 것이다. 아니, 사실상 아직 아무 말도 안 했다. 하지만 고개를 숙인 부장과 눈이 마주치자 이렇게 내뱉었다.

"처음부터 그래야지, 멍청한 녀석. 나가봐."

다시 한번 고개를 숙이는 부장을 따라 나도 꾸벅 인사를 하고 둘이서 학생 지도실을 뒤로했다.

복도를 걸어가는데 위가 쓰릴 정도로 화가 치밀었다. 방금 전의 억울함. 다나카 씨 공터에 불이 난 일로 원예부에 트집을 잡은 것도 아마 저 선생일 것이다.

그리고 화가 나는 이유가 하나 더 있다. 처음부터 끝까지, 도지마 부장이 나를 감싸주었기 때문이다. 나는 아무 말도 하지 못했다.

화나고 분하고 한심해서 주먹이 바르르 떨렸다. 무의식중에 욕지거리가 튀어나왔다.

"제기랄."

부장은 그것을 어떻게 해석했는지, 유난히 착잡한 목소리로 이렇게 말했다.

"분한 마음은 이해해. 저건 그냥 트집을 잡는 거지. 닛타 선생님도 작년에는 저 정도는 아니었는데."

저 선생 이름이 닛타였나.

속도를 늦추지 않고 성큼성큼 걸어가며 부장이 말을 이었다.

"원래 까다로운 선생님이긴 한데, 저래서야 히스테리 부리는 꼴밖에 안 되지. 이런저런 일 때문에 정서가 불안정한 건 알지만 괜한 불똥을 맞았어."

"이런저런 일이라니, 우리 말이에요?"

부장이 나를 힐끗 쳐다보았다.

"아니야. 닛타 선생님 사생활인데, 이혼했다나 봐."

나도 십 년째 학교에 다니지만, 교사의 결혼 생활을 체크한 적은 없었다. 선생님이 하는 말은 하늘의 소리, 선생님 쪽에 불편한 사정이 있을지도 모른다는 발상 자체를 해본 적이 거의 없었다.

부장은 여전히 얼굴을 찌푸리고 있었다.

나는 다시 한번, 이번에는 마음속으로 중얼거렸다. 제기랄.

계단까지 왔다. 나는 위로 올라가는데 부장은 내려갈 모양이다. 걸음을 멈추고 잠시 이야기했다.

"우리노, 너 다음 호에서 비밀을 밝혀."

"네?"

"어떻게 다음 방화 현장을 예측할 수 있었는지, 그 과정을 똑바로 써. 칼럼 지면이 부족하면 자리는 마련해줄 테니까."

바로 대답할 수 없었다. 무슨 말을 들었는지 이해 못 한 것은 아니다. 그렇지만…….

"하지만……."

"뭐, 지면은 편집회의 때 다 함께 정해야 하나."

"그게 아니라……."

목구멍까지 튀어나온 말을 꿀꺽 삼켰다. 지금 부장에게 할 말이 아니기 때문이다.

대신 다른 말을 했다.

"더는 쓰지 않겠다고 닛타 선생님한테 말했잖아요?"

부장은 진지한 표정으로 대답했다.

"그런 말은 안 했어."

"하지만……."

"내가 말한 건 '근거 없는 기사는 쓰지 않겠다'는 거였지. 네가 근거를 쓴다면 이야기가 달라져. 닛타의 입을 막고, 너도 마무리를 지으려면 이 방법밖에 없어."

나는 한심하게도 입을 쩍 벌린 채 아무 말도 하지 못했다.

가을철 한정 구리킨톤 사건 (상)

확실히 부장이 하는 말은 일리가 있다. 하지만 이런 궤변을 늘어놓는 사람으로 보이지는 않았다. 전혀, 그런 인상을 못 느꼈다.

용건은 끝났다는 듯이 계단을 내려가려는 도지마 부장에게 이것만큼은 간신히 말할 수 있었다.

"정말 써도 돼요?"

내가 생각해도 의미 없는 질문이었다. 부장이 쓰라고 했는데. 도지마 부장은 어깨 너머로 돌아보며 아주 조금, 찡그린 인상을 폈다.

"뭐 어때. 이혼했거나 말거나, 아까는 나도 꽤 열받았거든."

뒷모습을 보며 나는 어금니를 악물었다.

또다시 분한 마음이 치밀었다.

*

'비밀'을 밝히라는 말을 듣고 내가 선뜻 대답하지 못한 이유는 뻔했다.

며칠 후, 히야에게 의논했을 때 녀석은 대번에 내 심정을 꿰뚫어 보았다.

"그건 아까운데. 아직 더 써먹을 수 있는 소재잖아, 그건."

점심시간이라 우리는 점심을 먹고 있었다. 나는 편의점 도 시락, 히야는 버터롤을 우물거리고 있었다. 연어구이를 입에 쑤셔 넣은 참이라 나는 대답 대신 두 번 고개를 끄덕거렸다.

"학생 지도부에서 그렇게 말한 이상 어쩔 수 없지만. 서너 달은 끌 수 있었을 텐데."

그 말이 맞다. 이번에는 크게, 한 번 끄덕였다.

바로 어제, 도지마 부장이 신문부 임시 편집회의를 소집했 다. 부장의 주장이 그대로 받아들여져 나는 그전보다 훨씬 큰 지면, 4분의 1 페이지를 받았다. 영광의 '신입생 환영 호' 지 면을 할애해준 것은 분에 넘치는 일이지만 결국 방화 사건의 추적에 막을 내리기 위한 조치다.

겨우 연어를 삼켰다.

"사토무라가 소문을 낸 거겠지만, 그 기사 꽤 인기가 있어. 믿어져? 방과후에 신문을 잃어버렸는데 남는 것 있으면 좀 달라고 인쇄 준비실을 찾아오는 애들이 있다니까. 그것도 벌 써 세 명째야."

"인쇄 준비실?"

"너도 몰랐지? 지금까지는 신문부가 인쇄 준비실을 부실 로 쓴다는 걸 아는 사람도 없었는데. 두 번 만에 이 정도야. 앞으로 얼마든지 이야기를 부풀릴 수 있었는데."

가을철 한정 구리킨톤 사건 (상)

토란을 쿡쿡 찌르며 나는 작게 한숨을 토했다.

히야가 생각에 잠겼다. 하지만 아무리 히야가 똑똑해도 이번 상대는 학생 지도부. 상대가 나쁘다.

"그 학생 지도부 명령, 무시하면 안 되나? 신문부 부장이 조금 더 간이 컸다면……."

선뜻 말이 나오지는 않았지만 아무리 나쁘게 생각해도 그때의 도지마 부장을 겁쟁이라고 부를 수는 없었다. 변호하기는 싫지만…….

"아니. 부장은 충분히 저항했어. 아무리 생각해도 닛타가 이상했어. 그런 녀석을 상대로 마지막 기회를 얻어낸 것만으로도 굉장한 배짱이야. 그 이상은 어렵겠지."

"시키는 대로 '비밀'을 밝힐 셈이야? 아깝잖아. 그냥 두면 일 년은 아무도 눈치채지 못할걸. 나도 처음에 들었을 때는 무슨 엉뚱한 소리냐고 생각했을 정도니까."

히야와 함께 취재하러 간 날, 역 앞을 달리는 소방차를 보고 떠오른 아이디어를 털어놓자 히야는 비웃었다. 하지만 그 후의 사건과, 무엇보다 그것을 증명할 데이터 사본을 건네자 히야는 내가 옳다는 걸 믿어주었다.

"써버리고 나면 이제 방화 기사는 포기해야 한다는 거 알지?"

"어쩔 수 없지."

차를 마시고 한숨을 쉬었다.

어째서 신문부가, 아니 우리노 다카히코가 다음 방화 현장을 예측할 수 있었는가. 비밀을 밝혀버리면 이제《월간 후나도》의 매력은 사라진다. 특히 이번 연쇄 방화 기사는 또다시 아무도 읽지 않게 될 것이다.

"이해할 수가 없네."

못내 아쉬워하던 히야가 갑자기 내 눈을 들여다보았다.

"우리노는 그걸로 만족하지 않잖아? 후나도 고등학교에 이름을 남기겠다고 했잖아. 안타깝지만 이 정도로는 역사에 이름을 남기지 못해. 나는 부족해. 이제부터 시작인데."

"뭐, 그렇겠지."

"방화는 예상대로 점점 심각해지고 있잖아?"

이번에는 순순히 수긍할 수 있었다.

굳이 서류철을 꺼내지 않아도 방화 상황은 머릿속에 들어 있다.

10월   하마에 공터 풀더미

11월   니시모리 어린이 공원 쓰레기통

12월   고사시 자재 창고 폐자재

1월   아카네베 버려진 자전거
2월   쓰노 버려진 자동차
3월   히노데 정 버스 정류장 벤치

지금까지 범인이 불을 지른 것은 쓰레기 아니면 쓰레기통이
었다. 하지만 이번 달의 벤치는 사람들이 사용하는 것이었다.
　틀림없이 범인은 의도적으로 범행을 키우고 있다. 다시 말
해……

　그다음 말은 내 입으로 할 수 없었다. 하지만 히야가 거리
낌없이 대신 말해주었다.

　"이 사건은 더 커질 거야. 그러면 우리노의 존재감도 커질
텐데."

　확실히 흉악 범죄에 도전하는 신문부 고등학생이라는 구도
가 될지도 모른다는 생각은 했다. 대놓고 그랬으면 좋겠다고
말할 수는 없지만 그렇다면 군침 도는 상황이다.

　하지만 어쩔 수 없다. 다음달 《월간 후나도》는 '신입생 환
영 호'다. 거기서 '비밀'을 밝히는 것도 닛타의 심기를 거스
를 텐데, 공공연하게 반항하면 무슨 벌을 받을지 모른다.

　나는 후나도 고등학교 학생으로서 후나도 고등학교의 역사
에 이름을 남기고 싶은 거지, 퇴학을 당하고 싶은 건 아니다.

꿈같은 소리인 줄 알면서도 말했다.

"어쩌면 더 좋은 소재를 찾을 수 있을지도 모르지. 나중에 연쇄 방화는 시시한 뉴스였다고 웃을 수 있을지도 몰라."

히야가 어깨를 움츠렸다.

"진심으로 하는 말은 아니지?"

뭐, 가능성이 낮은 건 알고 있다.

마지막 버터롤을 먹어치운 히야가 작게 하품을 했다.

"후우……. 뭐, 어쩌면 대반전이 있을지도 모르니까. 우리노, 내가 충고 한마디 할게. 똑똑히 들어."

말에 비해서는 말하는 본인이 별로 진지하지 못하다. 턱짓으로 뒷말을 채근했다.

히야는 묘하게 예언 같은 '충고'를 했다.

"기사는 두 가지 준비해두는 게 좋을 거야. 하나는 너희 부장 말대로 '비밀'을 밝히는 기사지. 다른 하나는 그간의 사건 경위를 정리해서 다음 현장을 예측하는 기사. 신입생들이 경위를 이해하고 충분히 즐길 수 있도록 꾸미는 거야. 막판에 바꿔치기해도 늦지 않도록 준비해."

히야는 '총정리' 기사를 준비해두라고 말하는 것이다. 그것은 미래를 염두에 둔 행동이다. 과연 미래가 있을까?

"……어째서 그런 짓을? 그런 기사를 쓸 수 있으면 기쁘겠지만 그럴 가능성은 없잖아."

"그러니까 대반전이라고 했잖아. 너무 진지하게 받아들이지 말고 운을 시험해본다 쳐."

무슨 뜻으로 하는 말인지 의도를 가늠할 수 없었다. 분하지만 히야의 사고는 가끔 내 머리로는 이해할 수 없다.

설명해달라고 부탁하면 들어줄까? 그런 생각을 하는 내 귀에 밝은 목소리가 들어왔다.

"아, 명탐정은 작전 회의중이야?"

사토무라였다.

"명탐정 아니야. 신문기자지."

"그래도 멋져."

얼마 남지 않은 점심시간, 사토무라가 놀리든 말든 도시락을 비우는 데 집중했다.

＊

그리고 봄방학.

나는 휴일에 오사나이와 함께 거리로 나섰다.

오사나이가 어디 사는지는 모른다. 가족에 대해서도 이야기한 적이 없다. 알 수 있는 것은 제법 유복하다는 점. 휴일에는 거의 만나지 않지만 만날 때마다 사복이 달랐다. 오늘은 상큼한 흰 셔츠에 검은 타이로 멋을 냈다. 키가 이십 센티미터만 더 컸어도 듬직해 보였을 텐데.

자주 못 만난 탓도 있지만 아직도 오사나이의 취향을 잘 모르겠다. 어딜 가든 즐겁게 노는 반면 어딜 가도 진심으로 기뻐하는 것 같지 않다. 가령 얼그레이2에서 티라미수를 먹었을 때처럼, 탈리오에서 크림 브륄레를 먹었을 때처럼, 그런 순수한 미소를 보려면 어떻게 해야 할까? 그 방법을 몰라 또 극장을 선택하고 말았다.

로맨스 영화라고 하더니만 광고가 완전히 사기였다. 확실히 처음에는 달착지근한 이야기였다. 연애에 서툰 청년과 가련하고 불행한 여주인공. 파란만장한 사랑의 결말은. 그런데 중간부터 분위기가 바뀌었다. 여주인공 주변에서 자꾸 사고가 발생하는 것이었다. 처음에는 '오페라의 유령' 같은 스토커의 소행인 것처럼 나오더니.

어두운 극장에서 나는 옆에 앉은 오사나이의 표정을 살폈다. 가련한 여주인공은 요컨대 상습 보험 사기범이었다. 순정파 청년은 차츰 위기에 몰린다. 억울한 누명. 어느 틈에 갖춰져 있는 자살 도구. 그는 여주인공을 믿으려 하지만 그녀의 전화를 받고 마침내 얼어붙는다.

가을철 한정 구리킨톤 사건 (상)

어렸을 때 그런 동화를 들은 기억이 있다. 로맨스 영화를 볼 셈으로 그만 여성판 〈푸른 수염〉을 선택하고 만 것이다. 포스터에 속았다. 결말은 유난히 찝찝했다…….

영화가 끝나고 극장에 불이 들어오자 어색한 분위기가 감돌았다. 우리만 커플끼리 온 게 아니었다. 여기저기서 야유에 가까운 신음소리와 다투는 소리가 났다.

나도 바로 사과했다. 이렇게 찝찝한 서스펜스 영화인 줄 몰랐다. 하지만 오사나이는 고개를 저으며 짧게 말했다.

"아니야. 재미있었어."

요즘 특히나 더 그런 생각을 한다. 나는 후배로밖에 보이지 않는 이 선배의 눈치를 너무 보는 게 아닐까. 웃어주길 바라는 건 사실이지만 그렇다고 지나치게 비위를 맞추고 있는 게 아닐까.

손 한번 잡아보지 못하는 초조함 속에서 때로는 강하게 밀어붙일 필요도 있지 않을까 고민할 때도 있다.

이런저런 생각을 하면서 이끄는 대로 카페로 들어가자 거기서 오사나이가 이렇게 물었다.

"왜 그래? 크림이라도 묻어 있어?"

퍼뜩 정신을 차리고 보니 오사나이의 얼굴을 뚫어져라 쳐다보고 있었던 모양이다.

장소는 기라 시 번화가에서 조금 들어간 복합 건물 1층. 벚꽃 암자라는 가게였다. 빌딩 외관은 낡았는데 가게 안은 고즈넉한 전통 일본 스타일로 통일되어 있고, 메뉴에도 말차와 사쿠라모치*가 있었다. 여기도 단골 가게인지 오사나이는 역시 메뉴도 보지 않고 "아이스크림 2종 세트, 검은깨하고 두유 맛으로 주세요. 음료는 커피로요"라고 술술 주문하더니 잠시 생각에 잠겼다가 덧붙였다. "콩가루도 뿌려주세요."

나는 이번에도 커피만. 영화표를 사자 용돈은 바닥났다. 아르바이트를 진지하게 고민해야겠다. 그런 생각을 하는데 오사나이가 중얼거렸다.

"아르바이트……."

깜짝 놀랐다. 머릿속 생각이 밖으로 새어 나간 줄 알았다. 적어도 얼굴에 동요는 드러난 모양이다. 오사나이가 의아한 기색으로 물었다.

"왜 그래?"

"아니, 지금 아르바이트라고 해서."

"아, 응. 못 들었어?"

오사나이가 시선을 흘깃 던졌다.

---

* 표면을 살짝 구운 떡에 팥고물을 넣고, 소금에 절인 벚나무 잎으로 떡을 감싼 간식.

"저기 있는 웨이트리스, 우리 학교 애야. 몰래 아르바이트 하는 거야."

몇 자리 떨어진 곳에서 주문을 받고 있는 아이 말인가? 생글생글 웃으며 "주문 확인하겠습니다"라고 말하는 목소리가 들렸다. 외모가 어른스러워 말해주지 않았으면 고등학생인 줄 몰랐을 것이다.

"봄방학이니까 학교에서 허락해준 것 아닐까?"

"번화가 카페는 안 돼. 허락해준다면 나도 하고 싶었는데."

오사나이가 웨이트리스로 일하면 사회 체험 현장학습으로 보이지 않을까.

어쨌거나.

"무허가 아르바이트는 다들 하는 일이잖아."

"아마도. 나는 도저히 못 하겠지만. 하지만 그래, 친구가 서점에서 아르바이트를 해."

"그럼 왜 그렇게 신경쓰는 거야?"

오사나이는 다시 한번 웨이트리스를 곁눈질하더니 입을 살짝 비죽거렸다.

"화장이랑 옷만으로도 저렇게 바뀌는구나 싶어서……."

내 커피가 먼저 나왔지만 오사나이가 시킨 디저트가 나오길 기다렸다.

이윽고 나온 것은 옻칠을 한 검은색 나무 스푼. 주홍색 사각 접시에 담은 흑백의 아이스크림. 첫 숟가락으로 검은 아이스크림을 떠서 한입. 오사나이는 스푼을 입에 문 채로 생긋 웃었다.

"검은깨로 만든 아이스크림은 드물지는 않아."

능숙하게 스푼을 놀리며 말했다.

"하지만 검은깨 맛이 너무 강하면 비리니까 디저트라고 할 수 없어. 검은깨 껍질이 혀에 닿는 것도 싫어. 식감도 좋고, 검은깨와 우유 맛이 조화를 이루지 않으면 끔찍해. 그런 점에서 이 가게는 완벽해. 지금까지 먹은 검은깨 아이스크림 중에서 가장 절묘해."

생각해보니 오사나이와 이야기할 때 항상 내가 말하는 입장이었다. 오사나이는 스푼을 사용해 뭔가를 먹으면서 '그래?' 혹은 '정말?' 하고 맞장구를 칠 뿐이었다. 오사나이가 적극적으로 말하는 경우는 디저트 이야기를 할 때뿐일까?

나는 디저트에 관심이 없다. 그래도 어떻게든 분위기를 띄우고 싶어 필사적으로 화제를 찾았다.

"정말 디저트를 좋아하나 봐."

"응?"

스푼으로 흑백 아이스크림을 골고루 떠먹던 오사나이가 살짝 고개를 들었다.

"아이스크림이나 케이크를 정말 좋아하는 것 같아."

"……어, 응."

오사나이는 고개를 갸우뚱거렸다. 마치 '너는 사람이구나'
라는 말을 들은 것처럼. 시선은 곧바로 접시 위로 돌아갔다.

"좋아해."

"싫어하지 않는 게 아니라?"

"응, 좋아해."

"이유는?"

"이유?"

스푼이 우뚝 멈췄다. 너무 시시한 이야기라 황당한 걸까.
오사나이는 뜻밖에도 단호하게 대답했다.

"뭘 죽이지 않고 먹을 수 있으니까. 소를 죽이지 않고도 우
유는 짤 수 있어. 닭을 죽이지 않고도 달걀은 얻을 수 있어."

눈빛은 뜻밖에도 싸늘했다.

오사나이는 다시 스푼을 놀리더니 검은 아이스크림의 마지
막 한입을 날름 삼켰다. 그리고 입을 열었다.

"농담이야. 달콤해서 좋아해. 그뿐이야."

"뭐야……."

저도 모르게 한숨을 쉬고 말았다. 아무래도 오사나이의

농담은 잘 모르겠다. 이렇게 휘둘리는 것도 슬슬 그만두고 싶다.

"우리노는 달콤한 디저트가 싫어?"

"글쎄."

오사나이와 카페에 들어갔을 때 다른 걸 시키지 않는 이유는 단지 돈이 없기 때문이다. 취향을 묻는다면.

"어느 쪽도 아니야."

"안 먹어?"

"별로. 아, 아니."

한 가지 생각났다. 이것으로 오사나이와 이야기를 이어나갈 수 있다는 생각에 마음이 놓여 입을 축이려고 커피를 마셨다.

"저번에 아버지가 어디서 받았다며 과자를 가져왔는데 그건 맛있었어. 뭐라더라, 밤인데, 사탕 같은."

"마롱글라세?"

"아아, 맞아, 그거야."

오사나이는 하얀 아이스크림도 마저 먹어치우고 가만히 숨을 내쉬더니 커피를 홀짝였다. 어쩌면 뜨거운 걸 잘 못 마시는지도 모른다.

커피가 아직 뜨거웠는지 체념한 듯 잔을 내려놓더니 오사나이는 어딘가 꿈을 꾸는 듯한 목소리로 말했다.

"마롱글라세……. 지금이 가을이었다면 이 가게에서 구리킨톤*을 팔 텐데. 그것도 맛있어. 햇밤이 나는 계절에 오면 좋겠다."

"그러네, 꼭 같이 오자."

"우리노, 마롱글라세는 어떻게 만드는지 알아?"

"아니……."

오사나이는 내가 알 거라고 생각하고 물은 건 아닌 듯했다.

"마롱글라세는 밤을 삶아 껍질을 까서 시럽에 담가 만들어. 그러면 밤에 설탕 막이 생기거든."

"아아, 그렇게 만드는구나."

오사나이는 고개를 저었다.

"아니야. 그럼 겉만 달잖아."

"그걸로 충분하지 않아?"

"부족해. 다시 조금 더 진한 시럽에 담가. 그럼 설탕 막 위에 또 설탕 막이 생겨. 또 조금 더 진한 시럽에 담가. 또 설탕 막이 생기지. 또 조금 더 진한 시럽에……. 그렇게 몇 번이고 몇 번이고 반복하는 거야."

---

* 삶아서 곱게 으깬 밤에 설탕을 가미해 주머니 모양으로 반죽한 기후 현의 대표적인 전통 과자.

오사나이는 소중한 보물을 지키듯 두 손으로 커피잔을 감싸고 있었다. 눈은 테이블 위를 향하고 있지만 아마 아무것도 보고 있지 않을 것이다.

"달콤한 설탕 옷 위에 또 설탕 옷을 입고, 몇 겹이나 겹쳐 입는 거야. 그러다 보면 밤도 어느새 사탕처럼 달콤해지거든. 원래는 그렇게 달지 않았는데, 설탕 옷만 달콤했는데. 표면이 본성과 뒤바뀌는 거야. 수단은 언젠가 목적이 돼……. 난 마롱글라세가 정말 좋아. 왜, 좀 귀엽잖아?"

적당한 말이 떠오르지 않았다. 오사나이가 옻칠이 된 스푼으로 나를 가리켰다.

"네가 바로 나의 시럽이야."

지금 한 이야기가 오사나이의 완곡한 농담인지, 아니면 다른 뜻이 있는 건지 모르겠다.

오사나이는 내 얼굴을 가만히 쳐다보았다. 그러다 가만히 시선을 돌리더니 휴대전화를 꺼내 시간을 확인했다. 오사나이는 손목시계를 차지 않는다. 오사나이가 가방에서 종이 한 장을 꺼냈다.

"금방 알게 될 테니까, 이걸 줄게."

신문이었다. 오늘 조간. 나도 읽기는 했다.

하지만 오사나이가 테이블에 올려놓은 것은 그중 일부. 교직원 인사이동 공고 페이지였다. 나는 퍼뜩 깨달았다. 연말. 인사이동 시기.

신문을 손에 들자 오사나이가 계산서를 들었다.

"미안해, 우리노. 볼일이 있어서 먼저 돌아갈게. 오늘은 내가 살게. 영화, 즐거웠어. 또 보러 가자. 그리고……."

일어섰는데도 의자에 앉아 있는 나와 눈높이에 별 차이가 없다.

"말썽은 그만 피워. 아무것도 하지 않는 게 최선이야."

"어……."

말뜻을 이해하기 전에 오사나이는 몸을 돌려 계산을 마치더니 가게 밖으로 나가버렸다. 쫓아갈 틈도 없었다.

또 손 한번 못 잡아보았다. 오늘은 어디까지 갈 수 있을지 조금 기대했는데. 아니면 적당히 핑계를 대고 빠져나간 걸까?

그런 생각을 하면서 오사나이가 남기고 간 신문을 집었다. 형광펜 표시가 바로 눈에 들어왔다.

넋 놓고 보고 있었던 건 아니지만, 그 한 줄을 본 순간 움찔했다.

미나카미 고등학교 닛타 다카요시 (후나도 고등학교)

그 학생 지도부 교사가, 이동한다.

히야가 말한 '대반전'이란 이것이었다. 그리고 나는 그것이 실현되었다는 것을 갑작스럽게 알게 되었다.

2

　봄방학도 며칠이 지났다. 나는 따사로운 햇볕 속으로 뛰어나갔다.

　나카마루와 데이트를 몇 번이나 했을까? 면밀히 계산하면 알 수 있는 일이다. 하지만 그럴 필요 없다. '잔뜩'이라는 말로 충분하다. 데이트도 잔뜩! 저녁노을도 잔뜩! 그리고 밤하늘의 별도 잔뜩! 얼마 전까지 겨울이었으니 밤하늘의 별은 그리 자주 보지 못했지만. 말이 그렇다는 거다. 어쨌거나 겨울밤은 추우니까.

　무한에 1을 더해도 무한인 것처럼, 오늘 데이트 역시 '잔뜩' 중에 들어간다. 밖은 따사롭다. 어쩌면 반팔도 괜찮았을지 모른다. 하지만 나는 긴팔 셔츠를 입고 재킷까지 걸쳤다.

덥게 느껴질 정도였지만 이게 좋다. 봄철에도 밤은 그럭저럭 추우니까.

둘이서 만나는 게 주목적이므로 궁극적으로는 둘만의 데이트에 목적지는 필요 없다. 하지만 그래서야 도시 한복판을 정처 없이 헤맬 테니 일단 어디에 갈지 정했다. 오늘은 나카마루의 바람대로 전시회를 보러 가기로 했다. 색이 예쁜 판화를 볼 수 있다고 한다.

역 앞 자전거 주차장을 쓸 수 있으니 오늘은 자전거로. 이제 장갑은 필요 없는 계절이지만 자전거를 타면 또 사정이 달라진다.

전에는 버스에서 끔찍하게 시달렸지만 오늘은 아무 문제도 없다. 설렁설렁 자전거를 몰아 역 앞으로. 하루 백 엔의 이용요금을 내고 자전거를 세운 뒤 약속 장소로 가보니 나카마루는 아직 보이지 않았다. 먼저 도착한 나는 역 앞 분수를 멍하니 바라보았다. 그대로 십 분쯤 멍청히 있는데 이리로 다가오는 나카마루가 보였다. 연분홍색 카디건이 유난히 우아해 보여 '놀 줄 아는 고등학생'인 나카마루치고는 조금 새침을 떠는 것처럼 느껴졌다.

"기다렸어?"

"아니."

뻔한 대화가 오가고, 나카마루가 시계를 보더니 길을 재촉했다.

"그럼 갈까?"

우리가 가려는 이벤트 장소는 역 앞에 있는 빌딩 꼭대기 층이다. 엘리베이터를 타자 목적이 같은 사람들로 작은 공간이 꽉 찼다. 하지만 그것도 잠시. 문이 열리자 눈부신 백색 공간에서 붉은색 유니폼을 입은 안내원이 "어서 오세요" 하고 인사했다.

전시회 자체에는 별 감흥이 없었다. 돌고래를 보면 돌고래구나, 고래를 보면 고래구나, 그렇게 생각할 뿐. 그러고 보니 예전에 어쩌다 다카하시 유이치의 〈연어〉를 화집에서 본 적이 있었다. 그때도 연어구나, 하고 생각했던 기억이 떠올랐다. 연어는 '사케'라고도 '샤케'라고도 하는데 두 발음 사이에는 무슨 관계가 있는 걸까? 단지 발음하기 편하라고 그런 것 같지는 않다. 사투리일까?

문득 돌아보자 나카마루도 지루해하는 눈치였다. 뭐, 판화전은 데이트 구실이니 좀 지루해도 상관없지만……. 그래도 일단 초대를 받은 입장이니 무난한 질문을 던져보았다.

"이런 그림, 좋아해?"

나카마루는 고개를 갸웃거렸다.

"으음. 이것보다 지그소 퍼즐이 더 좋은 것 같아."

설마 나카마루가 지그소 퍼즐을 좋아할 줄은 몰랐다. 편견대로 말한다면 퍼즐을 맞추는 사람 뒤로 몰래 다가가 '시시한 놀이야!' 하고 테이블을 뒤집어엎을 것 같은데. 실례했다. 사람은 겉보기로는 알 수 없는 법이다.

그런 생각을 하는데,

"오빠가 좋아했거든. 나는 망치는 쪽이었어."

편견이 맞았다.

이십 분 만에 둘 다 질려서, 아니, 만족하고 자연히 돌아가는 엘리베이터에 올라탔다. 어쩐지 직원으로 보이는 남자가 뚫어져라 쳐다보았지만 누가 봐도 우리는 소시민다운 고등학생이니 붙들리는 일은 없었다.

건물 밖으로 나와 햇살 밑에서 기지개를 폈다.

"어떻게 할까?"

시간은 아직 많이 남았다.

"어디 좀 들어갈까?"

"아아, 그럼……."

몇 개 떠오르는 가게를 말했다.

"여기라면 벚꽃 암자가 가까우려나. 전통 찻집인데 편안한 가게야. 베리베리가 제일 가깝긴 한데 의자가 불편해서."

가을철 한정 구리킨톤 사건 (상)

나카마루가 뭐라 형용하기 어려운 괴상한 표정을 지었다. 고개를 홱 돌리고 토라진 것처럼.

"고바토 짱은 이상하게 둔하단 말이야. 사실은 둔하지 않을 것 같은데, 이따금 정말 둔해."

뭐 마음에 들지 않는 소리라도 했나?

"전통 찻집은 싫어?"

"아니, 그게 아니라."

나카마루가 내 눈을 가만히 들여다보았다. 거기에서 당혹스러운 기색밖에 발견하지 못했는지, 나카마루는 요란하게 한숨을 쉬었다.

"정말 몰라? 고바토 짱, 그런 가게를 너무 잘 알잖아. 디저트가 맛있는 가게나."

"아, 응. 그럭저럭."

그렇다고 끄덕이는데 나카마루가 집게손가락으로 내 가슴께를 가리켰다.

"왜, 어째서, 알고 있는 거야?"

"아아……."

그런 뜻이었나.

내가 아는 디저트 가게는 대부분 오사나이가 가르쳐준 것이다.

"알겠어? 고바토 짱이 이 가게 저 가게 말할 때마다 예전 여자친구의 그림자가 어른거린단 말이야. 그런 건 싫어."

머리를 긁적였다. 그렇군, 그럴지도 모른다. 할말이 없다.

나카마루가 또 한숨을 쉬고 말했다.

"조금 걷자. 모처럼 날도 좋으니까."

정처 없는 산책은 바라는 바다. 나카마루만 좋다면 말이지만.

그렇게 우리는 기라 시 중심가, 산야도리를 둘이서 나란히 걸었다. 하얀 타일이 깔린 아케이드 상점가로 들어갔다.

봄방학 시기라 평일 낮에도 사람들이 많았다. 나카마루의 연분홍색 옷을 필두로 레몬옐로 티셔츠나 에메랄드그린 셔츠, 오프화이트 바지 등등 산뜻한 색조가 눈에 들어왔다. 기라 시 중심가는 세상 모든 상점가가 그렇듯 불황이라 셔터를 닫은 가게가 많았다. 그래도 겨울을 지나온 이런 날에는 어느 정도 활기를 찾는 듯했다.

걸음을 떼면서 나카마루가 이런 말을 꺼냈다.

"있지, 이제 와서 묻기는 그렇지만 뭐 좀 물어도 돼?"

"달콤한 디저트에 관한 거라면, 나는 별로 좋아하지 않아."

"아니야."

울컥 토라진 목소리가 돌아왔다.

"그게 아니라…… 작년에 내가 교실로 불러냈을 때 말이야. 솔직히 말해봐, 고바토는 내가 누군지 알고 있었어?"

조금 놀랐다. 아닌 게 아니라 왜 이제 와서 묻는지 모르겠다. 반년도 더 지난 일이지만 똑똑히 기억한다. 나는 나카마루의 이름조차 몰랐다.

그렇지만 지금은 정직의 미덕을 발휘할 때가 아니다.

"같은 반이라는 건 알고 있었어."

"그래. 그것뿐이야?"

"음."

더 해줄 수 있는 말이 없는지 기억을 더듬어보았지만 아무래도 나올 게 없어 보였다. 뭐, 없는 이야기를 지어낼 수는 없으니까.

"그래. 그 정도였던 것 같아."

너무 박정한 것 같아 얼른 덧붙였다.

"물론 지금은 더 많이 알지만."

별안간 등짝을 찰싹 얻어맞았다. 지금의 나는, 그렇다, 예를 들면 나카마루가 의외로 부끄럼을 탄다는 사실을 안다.

빨간색 신호. 걸음을 멈추자 다른 사람들도 멈추었다. 남들을 의식했는지 나카마루가 입을 다물었다. 신호가 바뀌고 음악에 맞추어 횡단보도를 건너 사람들이 흩어지자 나카마루는 또다시 물었다.

"그럼 말이야, 잘 알지도 못하는 내 고백을 왜 받아들였어?"

그게 궁금한 거군.

걸어가면서 나누는 대화인지라 나카마루의 말투는 가벼웠지만 나는 나카마루의 옆모습을 훔쳐보듯 살펴야만 했다. 눈길이 마주치면 대번에 대화가 심각해질 것만 같았기 때문이다.

나카마루는 길 건너편에서 눈을 떼지 않은 채, 봄에 어울리는 태평한 표정을 짓고 있었다. 그래서 나도 태평하게 대답했다.

"방과후 교실이었지. 가까이서 직접 보고 이야기를 들어보니 착한 애 같았거든."

"착한 애라."

솟구치는 웃음.

"고바토 짱, 빈말도 잘하는구나."

확실히 빈말이었다. 정확하게 표현한다면 아마도 '거절할 이유가 없었기 때문'이겠지만, 아무리 그래도 그렇게 말할 수는 없다. 싫어도 거짓말이 는다.

하지만 피차 마찬가지다. 나만 거짓말을 해야 하다니 불공

평하다. 나카마루도 뭔가 거짓말을 하게 만들지 않으면 공평하지 않다. 딱히 궁금한 건 아니지만 괜히 짓궂게 물어보았다.

"그럼 나도 이제 와서 묻기는 그렇지만…… 어째서 나였어?"

나카마루는 전혀 동요하지 않았다. 지난 반년, 내가 물어주기를 줄곧 기다렸다는 듯이 바로 대답했다.

"얼굴이 이상해서."

거참. 표정 개그는 전문 분야가 아닌데.

다음 신호가 다가왔지만 이번에는 파란불이라 쉽게 건널 수 있었다. 횡단보도 보행 신호 음악이 우스꽝스럽게 울려 퍼졌다.

"남자는 말이야, 세상을 삐딱하게 보는 애들이 많잖아. 시시하다고 말하는 게 멋지다고 생각하는 거 말이야. 나, 고바토 짱도 처음에는 그런 줄 알았어. 예전 여자친구, 오사나이랬나? 걔도 뭔가 무난한 수준에서 타협한 눈치였고. 귀엽기는 해도 수수하잖아."

그건 조금 잘못된 인식이지만, 뭐 됐다.

"그런데 왠지 조금 달랐어. 달관한 것도 아니고, 염세적인 것도 아니고. 벽이 높은 건 알았지만, 그래도 뭐랄까, 이성을 거부하는 벽도 아닌 것 같았고. 이상한 얼굴이다, 무슨 생각을 하는 걸까, 그런 생각을 하고 있었는데 때마침 여자친구랑 헤어졌다길래 한번 물어본 거지."

왠지, 거짓말을 하게 만들려던 처음 의도는 완전히 빗나가 버린 모양이다.

나카마루는 아무래도 사실을 말하는 듯했다. 거짓말이라기에는 영문 모를 소리였다. 요컨대 나카마루는 이상한 사람을 좋아하고, 나를 이상한 사람으로 보았다는 뜻일까?

아니, 설마 그럴 리가. 일그러진 웃음이 나왔다. 소시민으로서 집단에 녹아들었다고 자부했는데, 내 가면이 그렇게 어색했나?

조심스럽게 물어보았다.

"친구들도 날 이상하다고 해?"

나카마루는 눈을 동그랗게 떴다.

"응? 고바토 짱, 그런 게 신경쓰여?"

"당연히 쓰이지. 내 얼굴이 이상하다고 생각해본 적이 없으니까."

그렇게 말하며 입을 비죽이자 나카마루가 웃었다. 소리 높여, 재미있어죽겠다는 듯이.

대체 왜 웃는지 모르겠다. 알 수 있는 사실은 나카마루도 참 이상한 아이라는 점뿐. 지난 반년, 소시민 클럽의 일원인 줄로만 알았는데.

나카마루는 눈물이 맺힐 정도로 웃다가 손등으로 눈가를 훔치더니 내 등을 탁탁 두드렸다.

"걱정 마! 고바토 짱을 그렇게 본 건 나뿐일 테니까. 오히려 '고바토, 좀 재미있지 않아?'라고 물었더니 다들 '평범하다'고 했어."

뭐, 그렇다면 다행인데.

방금 전 폭소로 이야기는 끝나는 분위기였다. 산야도리도 제법 많이 걸었다. 이대로 가면 차코라는 카페가 가깝다. 이곳은 오사나이가 아니라 도지마 겐고 때문에 알게 된 가게다. 하지만 정황상 입을 다물고 있는 게 낫겠다. 둔하다는 말을 듣기는 했지만 나도 그 정도 눈치는 있다.

"어디까지 갈 거야?"

나카마루는 조금 고민하다가 대답했다.

"아쿠아 파크를 지나 마루이까지 갈까?"

용건은 없지만, 어디든지.

아케이드 위를 가로지르는 가로대에 숫자판이 커다란 오토마타 시계가 걸려 있다. 멍하니 바라보고 있는데 시계 양쪽에서 인형 악단이 튀어나왔다. 나카마루에게 말해주고 싶어 소매를 살짝 끌어 인형들을 가리켰다.

"저것 봐."

"아…….."

트럼펫을 든 인형, 드럼을 목에 건 인형, 트라이앵글을 든 인형. 뿔모자를 쓴 인형들은 장치가 낡았는지 다소 뻣뻣하게 줄을 서더니 드높이 음악을 연주하기 시작했다. 때마침 3시가 된 것이다.

귀에 익지만 제목은 모르는 곡이었다. 모처럼 악단이 나왔는데 음악은 오르골 연주였다. 소리가 조금 크다. 바로 옆에서 걸어가는 상대에게도 목소리가 들리지 않을 것 같아 우리는 말없이 시계 밑을 지나갔다.

띠링, 마지막 잔향이 사라졌다.

가게들 사이에 아까 다녀온 판화전 포스터가 붙어 있었다. 나카마루는 포스터에 슬쩍 시선을 던지나 싶더니 입을 열었다.

"그러고 보니, 이 얘기 했던가?"

"무슨 얘기?"

"오빠네 집에 도둑이 들었다는 얘기."

어라, 그거 큰일 아닌가? 내세울 것 없는 소시민인 나지만 그런 이야기라면 조금은 나카마루를 도울 수 있을지도 모른다. 마음속으로 이야기를 경청하려고 자세를 가다듬었다.

"아니, 못 들었어. 오빠라면, 지그소 퍼즐을 좋아한다는 그 오빠?"

"말 안 했나? 응, 맞아, 그 오빠."

우리는 걸음을 조금 늦추었다. 대화하기 편하게.

"오빠는 지금 대학 때문에 요코하마에 살아. 한번 만나러 갔는데, 좁은 아파트에서 지저분하게 살고 있더라고. 용돈도 받고, 밤에는 패밀리 레스토랑에서 아르바이트도 하고, 아침에는 신문 배달까지 하는데도 그런 집이 고작이라니. 나도 대학에 들어가면 그런 곳에서 살아야 한다고 생각하니 우울하더라. 난 이 층 이상, 욕실하고 화장실은 분리되어 있는 집이 좋아. 고바토 짱은 대학에 갈 거야?"

"아마도. 그래서?"

"수상쩍은 동아리 합숙 때문에 사흘 정도 집을 비웠대. 니가타에 갔다나. 밤에 출발해서 밤새 교대로 운전했다는데, 나도 그런 거 해보고 싶어. 친구들끼리. 아, 물론 고바토 짱도 같이.

그런데 돌아와보니 유리창이 깨져 있었대. 물론 밖에서 깬 거야. 깨졌다고는 해도, 뭐라고 부르더라, 창문 걸어 잠그는 걸쇠 부분만 조금 깨져 있었던 모양이야. 하지만 발디딜 틈도 없을 정도로 온 방안에 책하고 CD가 떨어져 있어서, 바로 도둑이 들었다고 생각했대. 오빠는 헤비메탈을 좋아하거든. 꽤 귀한 CD도 있어서 엄청 당황했대. 하지만 허세를 부리느라 경찰을 부르기 전에 집 청소를 했다지 뭐야."

그래도 되나. 감식 작업에 방해가 될 것 같은데.

아케이드 상점가를 빠져나와 빌딩 사이 골목으로 들어갔다. 원래는 뒷골목이었지만, 지금은 손질을 해서 짧은 산책로로 탈바꿈했다. 우리 말고 다른 사람은 없었다.

"경찰을 불렀더니 도둑맞은 물건값을 묻더래. 오빠는 온 집안을 뒤져서 뭐가 사라졌는지 확인하다가 결국 깨달았어. 고바토 짱, 뭘 것 같아?"

피해 금액을 확인하려다가, 어떤 사실을 깨달았다.

그렇다면 결론은 뻔하다.

"도둑맞은 게 없었던 것 아니야?"

나카마루는 어리둥절한 표정으로 물었다.

"어떻게 알았어?"

이 정도로 놀라면 곤란한데. 나는 어깨를 살짝 움츠렸다.

"피해가 없었다니 다행이다."

"응, 뭐 그렇긴 한데."

"아마 창문에 뭐가 부딪혀서 유리가 깨졌을 뿐이지, 도둑

가을철 한정 구리킨톤 사건 (상)

은 아니었을 거야. 이렇게 말하긴 그렇지만, 방이 엉망진창이었던 건 오빠가 어지른 게 아니었을까?"

그렇게 말하자 나카마루가 씨익 웃었다. '그렇게 생각하지?'라는 듯이. 그 웃음은 내 자존심을 약간 자극했다.

"그런데 그게 아니거든."

"호오."

"방이 더러운 게 오빠 잘못이라는 건 맞아. 하지만 누가 방에 침입한 건 틀림없대. 창문에는 이중으로 커튼을 쳐놨었는데 그게 열려 있었거든. 만약 공이 날아와 유리가 깨진 거라면 커튼까지 걷히지는 않았겠지."

그건 모를 일이다.

확실히 사고로 깨졌다면 커튼은 그대로일지도 모른다. 하지만 그것 하나로 '누가 침입한 게 틀림없다'고 단정할 수는 없다. 바람 탓일 수도 있고, '침입하려고 했지만 들어가지 않았을' 가능성도 있으니까.

나카마루는 나와는 다르다. 이런 이야기에 세심하게 파고드는 타입이 아니다.

그래도 단정하는 말투가 마음에 걸렸다. 나카마루는 오빠의 집에 누군가가 침입한 사실을 이미 알고 있다. 알기 때문에 단정적으로 말하는 것이다.

따라서 이것은 이미 끝났고, 결말까지 나온 이야기다. 진상이 밝혀졌다면 이것은 수수께끼에 도전하는 게 아니다. 고작해야 퀴즈 맞히기다.

……아니. 아니다. 실망한 표정을 지어서는 안 된다.

두 손 들었다는 듯이 거짓 웃음을 지었다.

"그래? 그럼 누가 침입한 거구나."

나는 웃어야 한다. 연인끼리, 시답지 않은 대화에 열을 올리고 있다. 실로 바라마지않던 소시민의 휴일이 지금 결실을 맺고 있지 않은가!

"응."

나카마루가 고개를 끄덕였다.

"하지만 경찰은 피해가 없다는 걸 알고는 돌아가버렸다지 뭐야. 너무하지? 무슨 일이 생기면 연락하라는 말뿐이었대. 기가 막히지? 도둑맞은 물건은 없어도 유리창이 깨졌는데. 아파트 보험금이 나왔다는데 실제로는 그게 피해 금액이잖아. 자기 부담금이라고 해서 오빠도 조금 돈을 냈대. 유리가 제법 비싼 건 알아? 전에 실수로 학교 유리창을 깬 적이 있었는데, 몇만 엔이나 하더라고, 몇만 엔!"

"그렇구나."

반대로 생각해볼 수도 있겠다. 그러니까…….

"그래서 말이야."

내 사고를 가로막듯 나카마루가 말을 이었다.

도둑 이야기를 하는데 불순물이 많다. 나카마루가 욕실과
화장실이 분리된 집을 원한다는 사실이나, 면허를 따면 여행
을 떠나려 한다는 사실이나, 과거에 유리창을 깬 사실은 아무
리 생각해도 핵심과 동떨어져 있다. 귀로 들으면서 알아서 정
리하지 않으면 뒤죽박죽 섞일 게 뻔했다.

그렇구나. 내 생각에 이건 정보의 취사선택으로 해결할 수
있다.

"오빠도 당연히 우울해했지. 유리창까지 깨가면서 집에 들
어와놓고 아무것도 훔쳐가지 않았다는 건, 완전히 심술이잖
아. 하지만 아무리 생각해도 짐작 가는 구석이 없다는 거야.
멍청하고 게으른 오빠지만 솔직히 그렇게 미움을 살 사람도
아니라 나도 이상하긴 했어. 나는 이해하기는 하지만, 별수
없지.

오빠는 틈새바람이 기분 나빠서 아예 창을 활짝 열고 하룻
밤을 나고서야 위험하다는 걸 깨달았대. 고바토 짱, 뭐가 위
험한지 알겠어?"

집에 누가 침입한 흔적은 있는데 도둑맞은 것은 하나도 없
다. 그럴 때 무엇을 걱정해야 하는가?

나 같으면 드라이버를 손에 들고 일단 콘센트 덮개를 벗기겠다.

"도청기 같은 게 의심스럽네."

나카마루는 또 눈썹을 찌푸리고 의심스러운 눈초리로 나를 쳐다보았다.

"응, 오빠도 그렇게 생각했어."

내 얼굴을 뚫어져라 들여다본다. 아무것도 안 묻었을 텐데. ······아마.

"······고바토 짱, 정말 내가 이 얘기 안 했어?"

"처음 들어."

"그래?"

석연치 않은 기색이다. "안 들었어도 그 정도는 알아"라고 말해주고 싶은 마음을 억지로 눌렀다.

"알았어. 그런데 오빠네 집 콘센트는 커다란 오디오 세트 뒤에 있어서 뭘 설치하려면 품이 들어 힘들어. 하지만 오디오 세트를 건드린 자국은 없었으니 도청이나 도촬 우려도 없을 거라고 생각했대. 아침 일찍 공인중개사무소에게 가서 말했더니, 여행 갔다가 전날 늦게 돌아와서 자세한 사정은 모른다고 하기에 유릿값만 이야기하고 점심때 집으로 돌아왔더니······. 누가 기다리고 있었게?"

글쎄, 이번에는 즉답하기 어렵겠다.

일부러 묻는 걸 보니 부동산에서 돌아온 오빠를 기다리고 있었던 사람은 뜻밖의 인물이다. 지금 나카마루가 들려준 이야기에 등장인물은 많지 않다. 오빠. 동아리 친구. 경찰. 공인중개사무소. 그리고 나카마루.

하지만 정말로 뜻밖의, 그러면서도 이야기의 결말로 이어질 만한 인물이라면⋯⋯. 한 사람밖에 없다.

"혹시 말인데."

"응."

"버⋯⋯."

범인 아니야?

그렇게 말하려다 간신히 말을 삼켰다.

나카마루는 나를 수상쩍게 생각하고 있다. 질문에 정답을 연발하는 내가 영 못마땅한 기색이다. 표정을 보면 알 수 있고, 경험에 비추어 보면 더욱 명백한 사실이다. 나는 뼈저리게 느끼고도 아직 진심으로 이해하지는 못한 것이다. 정말이지, 나카마루 말이 맞다. 나는 좀 둔한 걸지도 모른다.

여기서 '정답'을 말하는 건 정답이 아니다. 고등학교에 입학한 지 이 년, 소시민 생활을 통해 배운 교훈이 있다. 소시민은 대화할 때 '적절'한 맞장구를 치지 않는다. 아무도 가르쳐주지 않았지만, 상대의 이야기를 넘겨보는 것은 금물이다.

나는 또 거짓말을 해야 했다.

"음, 역시 모르겠어."

그렇게 말해야 했던 것이다.

보라, 그러니 대화 상대가 이렇게 환하고 생기 넘치는 표정을 짓지 않는가.

"모르겠지? 있잖아, 세상에…… 범인이 있었대!"

"우와아! 완전 공포다!"

"그치, 그렇지?"

기분 탓인지 발걸음마저 가벼워 보인다. 나카마루가 말을 이었다.

"집 문 앞에 가만히 서 있길래 배달부인 줄 알았대. 하지만 아무래도 아닌 것 같아 무슨 볼일이냐고 물었겠지. 그랬더니 '이 댁에 사는 분입니까? 죄송합니다, 제가 댁에 들어갔었습니다'라고 했다지 뭐야. 오빠도 깜짝 놀랐대. 말로는 으스대지만 오빠도 별로 힘이 센 건 아니거든. 꽤 겁먹었을 거야."

그 공포는 이해한다. 트러블은 원하지 않아도 알아서 굴러와 평온을 실컷 헤집어놓고 어디론가 가버린다. 부조리한 트집, 부당한 요구……. 그렇기 때문에 자고로 군자와 소시민은 위험을 멀리하라 했다.

가을철 한정 구리킨톤 사건 (상)

산책로가 끝나자 길은 빌딩 사이에 있는 광장으로 통했다. 아쿠아파크라는 세련된 이름이 붙어 있지만 정체는 흔한 시민 광장이다. 여기에도 산책로처럼 돈을 들여서 광장 바닥에 벽돌을 깔고 중앙에는 분수를 설치했다. 분수 가운데에는 하얀 천사 셋이 트럼펫을 높이 치켜들고 있다.

"인상이 어두운 사람이었대. 밝은 사람이라면 애초에 그런 짓도 안 하겠지, 그렇지? 하지만 어둡기만 한 게 아니라 뭔가 신경질적으로 보였대. 신경질적인 얼굴은 어떤 걸까? 고바토 짱은 다른데. 그런 애가 우리 반에 있나?"

"……있었나?"

있다고 해도 이름을 기억 못 하니 소용없다. 그나저나 참 신나게도 떠든다.

"도이가 그런 느낌 아니야?"

"그 녀석? 아아, 듣고 보니 그럴지도."

그렇게 대꾸하면서 어쩌면 도이가 여학생일지도 모른다는 생각이 들었다. 뭐, 나카마루가 개의치 않는 모양이니 상관없겠지.

"그 사람이 뭘 중얼거리길래 오빠도 조금 짜증이 났지만, 세게 나가면 식칼이라도 들이댈 것 같아서 신중하게 굴었대. 그래서 도둑이라고 해야 하나, 도둑 미만이라고 해야 하나,

그 녀석한테 물어봤대. 어째서 그런 짓을 했느냐고. 생각해
보면 황당한 얘기지만, 그 도둑이 오빠를 원망스러운 눈초리
로 뚫어져라 쳐다보더라는 거야. 그리고 왜 유리를 깨고 남의
집에 들어갔는지 설명을 했는데……. 그게 또 이상해. 고바
토 쨩, 어떻게 된 일인지 전혀 짐작 못 하겠지?"

그러네, 이런 걸 두고 오리무중이라고 하나 봐, 하나도, 전
혀, 짐작도 못 하겠어!

나는 물론 그렇게 대답하려 했다. 아마도, 그러려고 했을
것이다.

하지만 그때, 심각한 불운이 나를 덮쳤다.

아쿠아파크의 분수, 그 한가운데에 있는 세 개의 천사 조
각상. 그 트럼펫에서 물기둥이 치솟고, 물속에서 일곱 가지
빛깔이 반짝이더니, 음악까지 아련하게 흘러나온 것이다.

나는 이렇게 생각했다. 나름대로 멋을 부린 연출이겠지만
천사가 트럼펫을 부니 아무래도 묵시록의 세계가 펼쳐지는
것 같다고.

그래서 그만 정신이 산만해졌다. 소시민으로서 지켜야 할
절도가 소리 없는 트럼펫 때문에 멀리 날아가버렸다. 나는 중
얼거렸다.

"그건 분명……."

가을철 한정 구리킨톤 사건 (상)

정보의 취사선택은 끝나 있었다.

나카마루의 오빠는 아파트에서 혼자 산다.

오빠의 집은 지저분하고 좁다.

오빠의 집은 아마도 1층이고, 욕실과 화장실이 일체형이다.

오빠는 동아리 활동을 하고, 어느 날 심야에 니가타로 떠났다.

사흘 후 집에 돌아와보니 창문이 깨져 있었다.

온 집안에 책과 CD가 널브러져 있었다. 개중에는 어느 정도 값나가는 CD도 있었다.

오빠는 헤비메탈 신봉자였다.

오빠 집에는 커다란 오디오 세트가 있다.

집에 설치된 도청기는 없는 것 같았다.

깨진 유리 값은 아파트 보험금으로 충당했다.

범인은 직접 정체를 밝혔다.

그리고……

여동생이 자기 오빠는 멍청하고 게으르다고 단언했다.

오빠는 밤에 패밀리 레스토랑에서 아르바이트를 한다.

오빠는 아침에 신문 배달 아르바이트를 한다.

공인중개사무소 사장은 며칠 여행을 다녀왔다.

그리고 무엇보다 암시적인 힌트가 있다. 그 정보들을 조합하면 답은 뻔했다. 정말로, 짜맞추는 보람이 없을 정도로.

"오디오를 끄기 위해서 그랬던 것 아닐까?"

범인은 물건을 훔치려고 했던 게 아니다.

하지만 반드시 그 집에 들어가야만 했다. 오빠의 귀가를 기다릴 수 없는, 급박한 비상사태였다.

가장 먼저 떠오른 가능성은 화재였다. 오빠가 집을 비운 사이, 가령 주전자를 불 위에 올려놓았다면 그것은 긴급한 비상사태다. 유리창 정도는 깨고 들어갈 것이다. 하지만 커튼이 닫혀 있는 방안에서 불을 쓰는지 안 쓰는지 알 길도 없고, 무엇보다 만약에 그렇다면 이 이야기는 '특이한 도둑 이야기'가 아니라 '아슬아슬하게 화재를 모면한 이야기'가 되었을 것이다.

화재는 아니다. 하지만 그와 비슷한, 남의 집에 들어가야만 할 사정이 있었다는 것은 의심할 여지가 없다.

듣자 하니 범인은 당당하게 마음의 빚을 내려놓으려고 오빠를 찾아온 건 아닌 듯했다. 그렇다면 가스 누출 경보기가 울려서 비상사태라고 생각한 것도 아니리라. 그렇다면 오히려 범인은 은인이다. 이것도 '특이한 도둑' 이야기가 되지 못한다.

그럼 물은 어떨까? 욕조에 물을 틀어놓고 니가타로 떠났다. 하지만 오빠의 집은 아마도 1층일 테니, 아래층에 물이 샐 염려도 없다.

그렇게 생각하면 가장 의심스러운 건 소리다. 시끄러운 소리가 울려 퍼지고, 심야에도 멈추지 않는다. 하루가 지났는데도 여전히 시끄럽다. 문을 두드려도 아무도 나오지 않는다. 외출한 모양이다. 나라면 도저히 참을 수 없다.

오빠의 아파트는 좁고 지저분하다고 했으니 벽이 두꺼울 리 없다.

게다가 오빠는 아침에도 밤에도 아르바이트를 한다. 자연히 아침에는 잠에서 깨려고 뭔가 모닝콜을 준비했을 게 분명하다. 알람 시계? 휴대전화 알람? 그럴 수도 있다.

하지만 오디오 타이머 기능도 효과는 똑같다.

'알람 시계'와 '오디오 타이머 기능'의 결정적인 차이는 일단 선곡 범위가 다르다는 점. 그리고 내버려두었을 때 정지 기능의 차이가 있다. 알람 시계는 대개 울리다가 꺼진다. 하지만 오디오 세트는 설정에 따라서는 직접 꺼야만 멈춘다.

한밤중에 여행을 떠난 오빠. 그때 매일 잠을 깨워주는 오디오 세트를, 헤비메탈 음악을 꺼놓지 않았다면 사흘 내내 소음이 울려 퍼지는 셈이다. 헤비메탈은 보통 귓가를 간질이는 작은 음량으로 듣지 않는다. 볼륨도 크지 않았을까?

그 '신경질적인 인상의 남자'는 참고 있었을지도 모른다. 어쩌면 항의도 할 겸 평화롭게 오빠의 집에 들어가기 위해 부동산을 찾았을지도 모른다. 하지만 부동산 사장은 가게를 비웠고 인내심은 사흘까지 이어지지 못했다……. 그리고 유리가 깨져 있었다. 범인은 아마도 같은 아파트에 사는 주민. 강경 수단을 취한 속사정은 창을 깨더라도 유릿값은 보험으로 거의 충당할 수 있다고 예상했기 때문 아닐까?

그런 추리를 긍정하는 암시가 있었다. 사실 출발점은 거기였다.

나카마루는 이 이야기를 "그리고 보니"라는 말로 시작했다. 그때 거기에 있었던 건 판화전 포스터. 그것을 보고 지그소 퍼즐을 좋아하는 오빠를 떠올렸을지도 모른다.

하지만 그 장소에서는 그 이상으로 인상적인 일이 있었다.

오르골 시보가 시끄러웠던 것이다.

내 목소리는 작았지만 분수의 물소리에 묻힐 정도로 작지는 않았다.

나카마루는 걸음을 멈추고 나를 보았다. 그 표정에는 이미 숨길 수 없는 의혹이 드러나 있었다.

되살아난 기억이 나를 얼어붙게 했다. 많은 사람들에게, 많은 말을 했던 중학교 시절. 모두가 나를 인정해줄 줄 알았다. 하지만 그렇지 않았다. 말이 많아질수록 내 발밑은 무너져갔다.

모두 사라지기 전에 소시민이 되기로 결심했는데.

커다란 자부심에 흥분하는 것도 사실이다. 과거의 나였다면 말로 했겠지만 지금의 나는 마음속으로 생각할 뿐. 하지만 생각한다는 본질은 바뀌지 않았다. 나는 이렇게 생각한다. 봐라. 그 정도로 내게 수수께끼를 던지다니 우습기 짝이 없네. 조금 더 어려운 문제를 들고 다시 찾아오겠어?

말할 수 없다. 그런 말은, 이제는.

나카마루 앞에서 나는 다음에 할 말을 찾지 못하고 있었다. 나는 나카마루가 혐오하리라 확신했고, 나아가 만약 그렇더라도 어쩔 수 없는 일이라고 뻔뻔하게 체념하기까지 했다.

내 얼굴을 뚫어져라 지켜보던 나카마루는 불쑥, 이렇게 말했다.

"역시 내가 얘기했구나? 그런 것 같았어."

"……아, 응."

이날 내가 발휘한 최고의 기지는 도둑 이야기의 결말을 예상한 것이 아니다. 그다음에 튀어나온 한마디는 내가 생각해도 절묘했다. 구원의 밧줄에 매달리듯 나는 애써 미소를 지으며 이렇게 말했다.

"맞아. 하도 오래전에 들어서 나도 깜빡했네!"

나카마루의 오빠는 깨진 창문을 열어놓은 채로 하룻밤을 보냈다고 했다. 그렇다면 아마도 작년 여름에 있었던 일이리라. 분명 늦어도 초가을이었을 것이다.

사건이 오래된 덕분에 내 실언도 아슬아슬하게 넘어갔다. 나는 이 순간을 덮어버리려고 입을 열었다.

"우리 이제 어디 가?"

천사의 트럼펫에서 마지막 물줄기가 솟아올랐다가 떨어졌다.

3

신문부 편집회의는 그달 첫째 주에 열리는 게 통례였다.

봄방학이 4월까지 걸쳐 있고, 입학과 진급 직후라 혼란스럽기도 하다. 그러니 여러 일들이 평소처럼 진행되지 않아도 어쩔 수 없다. 하지만 신학기 첫 편집회의가 긴급 소집 형태로 열린 이유는 따로 있었다. 나는 그 이유를 누구보다 정확하게 인식하고 있었다.

시업식 날에 나눠준 《월간 후나도》에 연쇄 방화의 '비밀'은 실리지 않았다. 간발의 차이로 내가 기사를 바꿔치기했다.

(4월 7일 《월간 후나도》 8면 칼럼)

신입생 여러분, 입학을 축하한다. 후나도 고등학교는 여러분을 진심으로 환영한다.

신문부는 작년 가을부터 한 사건을 지속적으로 추적하고 있다. 신입생 여러분에게 그간의 경위를 설명하는 의미를 담아 이번 호에서는 사건을 총정리하고자 한다.

10월 13일, 하마에 공터에서 방화 사건이 있었다. 불이 난 것은 베어놓았던 풀더미. 다행히 아직 물기가 많았는지 불은 크게 번지지 않았다. 소방대는 출동하지 않았다.

11월 10일, 니시모리 어린이 공원에서 방화 사건이 있었다. 쓰레기통이 하나 탔고, 바닥에 검댕이 약간 남기는 했지만 불은 번지지 않았다. 이때부터 일반 신문에도 기사가 실리기 시작했다.

12월 8일, 고사시 자재 창고에서 방화 사건이 있었다. 폐자재가 하나 탔지만 주민과 소방대가 함께 진화했다.

1월 12일, 아카네베 길가에서 방화 사건이 있었다. 버려져 있던 자전거 안장이 불에 탔다.

2월 9일, 쓰노 강변에서 방화 사건이 있었다. 소방대가 출동했지만 자동차 한 대가 전소했다. 이 자동차는 오래전부터 강변에 버려진 것이었다.

3월 15일, 히노데 정 버스 정류장 부근에서 방화 사건이 있었다. 벤치 밑에 버려져 있던 잡지에 불이 붙어 벤치 하나가

망가졌다.

이 칼럼에서는 이들 사건에 주목해 불조심을 호소해왔다. 그와 동시에 그간의 경위를 면밀히 분석해 이 일련의(이 점은 명백하다!) 사건이 갖는 규칙성을 파악하려 했다.

그것은 어느 정도 성공했다. 이 칼럼은 2월에 쓰노 부근, 3월에 히노데 정 부근에서 불이 날 것이라는 사실을 예측했다. 이것은 신문부가 성실하게 취재한 성과이자, 순수한 통찰로 얻은 추리와 다름없다.

필자는 과거의 성공에 만족하지 않고 이번에도 신중한 검토를 거듭했다. 그 결과, 비열한 방화범의 다음 표적으로 가미노마치 3가, 혹은 하나야마를 추측해본다.

이 칼럼에서는 올해도 이 사건을 세심하게 지켜볼 것이다. 비열한 범죄를 응징하기 위하여. 또한 후나도 고등학교 신문부의 역량을 보여주기 위하여.

뜻 있는 신입생은 신문부로 찾아와주기 바란다. 우리는 인쇄 준비실에서 신입부원을 기다리고 있다. (우리노 다카히코)

신문은 신문부원이 직접 나눠준다. 이쓰카이치와 도지마 부장은 그렇다 쳐도, 몬치가 어떤 기분으로 신문을 돌렸을지 생각하면 미안하기도 했지만 동시에 한편으로 통쾌하기도 했다.

2학년이 되면서 사토무라와는 반이 갈라졌다. 그래서 이 기사를 본 사토무라가 또 친구들에게 불을 지폈는지는 알 길이 없다. 다만 아직 서로 어색한 새로운 학급에서 《월간 후나도》를 읽고 있는 녀석을 다섯 명이나 봤다.

당연히 역풍은 예상하고 있었다.

긴급 소집이라는 말을 듣고 바로 감이 왔다.

거의 예상대로 진행된 상황 속에서 유일한 예외가 바로 기시의 부재였다. 기시는 신학기가 시작되자마자 냉큼 신문부를 그만두었다고 한다. 그런 학생들이 있다는 말은 들은 적이 있다. 일 년을 못 채우고 동아리를 그만두면 입시 평가 때 불리하다고 한다…….

중학교 때는 내신에 영향이 있다고 했는데, 많은 학생들이 이런 소문을 믿었다. 고등학교에서는 많이 듣지 못했지만 기시가 그 소문을 진짜로 믿고 학년이 바뀔 때까지 나가고 싶은 걸 참았다면 참으로 그에 어울리는 경박한 행동이다.

회의 시작마저도 예상과 똑같았다. 3학년이 된 몬치가 나를 꾸짖었다.

"우리노. 너, 너무 건방져. 3월 편집회의에서 정한 방침을 알면서도 그랬지? 결정한 것도 못 지키겠다면 나가. 민폐야."

3월 회의 때, 나는 4분의 1 페이지를 받았다. 도지마 부장의 제안이었다. 목적은 연쇄 방화의 다음 표적을 맞힐 수 있었던 '비밀'을 밝히고, 이 기사를 마무리짓기 위해. 분명 그런 의미에서는 결정 사항을 어겼다.

나는 물론 변명을 마련하고 이 자리에 섰다.

"4월호에서 끝내겠다는 건 학생 지도부 닛타의 지시로 결정한 사항이었어요. 하지만 닛타는 전근을 가고 이제 없어요. 계속 써도 뭐라고 할 사람은 없다고요."

"닛타는 상관없어. 편집회의 방침을 거스른 게 문제라는 거야. 우리는 분명히 정했고, 너도 '네'라고 말했어."

"저는 모르는 일입니다. 회의 때 정한 건 제게 4분의 1 페이지를 준다는 것뿐이었다고요."

몬치가 눈썹을 치켜뜨고 노려보았다.

"지금 장난해?"

지난달 학생 지도실에서는 닛타의 광적인 박력에 눌려 아무 말도 하지 못했다. 도지마 부장의 비호를 받았을 뿐이었다. 얼마나 분했는지 모른다. 이제 와서 겨우 몬치에게 겁을 먹을쏘냐. 정면에서 받아쳤다.

"장난 아닙니다. 전 기사를 두 종류 준비했어요. 하나는 닛타가 시킨 대로 연재를 끝내기 위한 기사. 그리고 또 하나는 상황이 극적으로 바뀌었을 때 바꿔치기 위한 예비 기사였죠. 그리고 상황은 바뀌었죠."

그때 일을 떠올렸다. 오사나이와 함께 영화를 보았던 날. 오사나이는 내게 교직원 인사이동 기사를 보여주었다.

오사나이가 어째서 그 기사를 가지고 있었는지 고민하기도 했다. 닛타가 내 활동을 방해한다는 걸 모른다면 그런 기사를 내게 보여주었을 리 없다. 오사나이는 알고 있었다. 그렇다면 정보원은 도지마 부장일 수밖에 없다.

부장은 평소처럼 팔짱을 끼고 떡 벌어진 어깨를 과시하듯 당당하게 앉아 있다. 처음 오사나이를 보았을 때, 도지마 부장에게 귓속말을 하던 모습이 머릿속을 스쳤다. 두 사람은 생각보다 관계가 깊다.

아니, 지금은 일단 몬치를 꺾어야 한다.

"선배, 그만두라고 쉽게 말씀하시는데요, 제가 이 기사에 얼마나 필사적으로 매달렸는지 한 번이라도 생각해봤어요? 불이 났다고 하면 추운 겨울날에 자전거를 몰아 동네 끝까지 달려갔다고요. 선배처럼 교장 선생님한테 머리 한번 숙이고 기사를 받아낸 게 아니에요, 나는!"

"우리노, 이 자식!"

따끔한 곳을 찔렀다고 확신했다.

몬치는 그랬다. 도지마 부장은 그럭저럭 소임을 다하고 있다. 그것은 인정하지 않을 수 없다. 하지만 몬치는 제대로 된 활동을 한 적이 없다. 건설적인 제안을 하는 모습을 본 적이 없다. 그렇다고 도지마 부장의 아첨꾼도 아니다. 별 기력도 없이 타성에 젖어 시키는 대로 글자 수를 메운다는 점에서는 기시나 몬치나 똑같다. 그래놓고 짐짓 신문부의 질서를 지킨다는 얼굴로 나를 방해한다. '하기 싫다'는 의사 표시를 확실하게 내비쳤던 기시가 차라리 나았다.

몬치의 얼굴이 새빨갛게 달아올랐다. 나도 물러설 마음은 없다. 이쓰카이치 혼자 어쩔 줄 몰라 시선을 두지 못하고 두리번거렸다.

"네가 뭐라도 되는 줄 알아? 잘난 척하기는. 동네 끝이든 어디든 네가 좋아서 멋대로 간 거잖아. 누가 부탁했어? 네가 자랑하는 그 기사도 어차피 신문에 실린 지역 소식을 베낀 거잖아? 그 정도로 뭘 자랑질이야?"

"베껴서 다음 현장을 예측할 수 있다면 그럴 수도 있겠지. 아직 몰라? 바로 나야, 이 연쇄 방화 사건의 규칙을 찾아낸 건 바로 나라고! 나니까 쓸 수 있었어. 신문도 못 하는 일이야. 선배, 당신 같은 사람은 절대로 못 쓰는 글이야!"

말이 멈추지 않았다. 분위기가 점점 험악해졌다. 책상 밑에서 주먹을 움켜쥐었다.

"진정해, 몬치. ……우리노가 하고 싶은 말은 이해해."

"도지마."

"네 기사가 폄훼당할 이유는 없어. 하지만 우리노가 노력한 것도 사실이야. 꼼꼼히 조사했고, 신중하게 고민했어. 내가 생각했던 방향하고는 전혀 달랐지만 대단했어. 그걸 갑자기 그만두라고 하면 당연히 받아들일 수 없겠지. 닛타의 이동소식을 듣고 얼씨구나 기사를 바꿔치기했다면, 그 마음은 이해해."

몬치는 얼굴을 잔뜩 찌푸렸다. 부장이 자기편을 들어줄 줄 알았겠지. 한편 나도 도지마 부장이라면 나를 이해해주지 않을까 하는 아련한 기대를 품고 있었다.

하지만 부장은 그렇게 쉬운 사람이 아니었다.

"그러니까 몬치, 내가 얘기할게."

책상에 손을 짚고 나를 번득 노려보았다. 몬치와 달리 표정이 험악한 건 아니지만 나는 움찔 놀라 자세를 가다듬었다.

"우리노, 몇 가지만 묻자."

"예."

오프닝 쇼는 끝났다. 긴급 회의는 이제부터가 진짜다.

"너를 불러서 연쇄 방화 기사를 쓰지 말라고 한 건 분명 닛타였어. 하지만 그 방침이 학생 지도부 전체의 뜻일지도 모른다는 생각은 안 해봤어?"

"예?"

"닛타는 전근을 갔지만 학생 지도부가 사라진 건 아니야. 당장이라도 호출해서, 닛타 선생님이 혼내셨을 텐데 어떻게 된 일이냐고 물을지도 몰라.

네가 '비밀'을 털어놓는 기사를 썼을 때에 대비한 변명도 마련해뒀어. 하지만 너는 그러지 않았지. 이렇게 됐으니 이제 할말이 없어. 벌을 내려도 받아들이는 수밖에 없어. 너는 그런 상황을 고려해봤는지 묻는 거야."

듣고 보니……

부장은 이렇게 말했다. 닛타가 사라져도 학생 지도부가 사라진 것은 아니라고.

맞는 말이다.

"아니……"

그렇게 착각한 이유가 있기는 했다.

"그, 그때, 학생 지도실에는 닛타밖에 없었잖아요. 게다가 너무 말도 안 되는 트집을 잡으니 닛타 혼자 하는 말인 줄 알았죠."

"생각만 따지자면 내 생각도 그래. 하지만 확인한 건 아니잖아."

"그건……."

당장 말문이 막혔다. 닛타의 말은 부당했다. 하지만 닛타가 아니라 학생 지도부의 결정 자체가 부당했을지도 모른다…….

"뭐, 일단 상대가 어떻게 나올지 지켜봐야지. 아무 일 없을 가능성도 충분히 있어. 아직 모를 일이야. 그리고 또……."

도지마 부장은 책상 위《월간 후나도》에 손을 얹었다.

"이 기사 마지막에 신입부원을 모집한다는 소리를 썼지."

"4월호니까 당연히."

"평범하게 썼다면 말이지."

부장의 눈이 기사 위를 빠르게 훑었다.

"이건 평범하지 않아. 앞으로도 연쇄 방화 사건을 다룰 테니, 이 사건에 관심이 있으면 신문부로 오라고 썼잖아. 잘 들어, 편집회의를 통해 네게 페이지를 줬어. 하지만 올해 활동 방침까지 네게 맡긴 기억은 없어. 자격까지 묻지는 않겠지만 이건 도가 지나쳐."

확실히, 그건 조금, 스스로도 지나치다고 생각하기는 했다. 펜이 미끄러졌다고 해야 할까. 하지만 이 점에 대해서는 핑곗거리가 있었다.

"그건 어디까지나 칼럼 차원에서 모집한 겁니다. 신문부 차원의 모집도 일면에 버젓이 실려 있잖아요. 그래서 상관없을 줄 알았어요."

"말도 안 되는 소리."

씨알도 안 먹힌다.

"일면에 신입부원 모집 기사를 실은 것은 사실이야. 하지만 그렇다고 해서 칼럼에 아무 글이나 써도 되는 건 아니야. 오히려 반대지. 일면에서 정식으로 모집했으니 다른 지면에서 모집할 때도 서로 말이 맞아야 해. 네 부하를 모으는 게 아니라 신문부원을 모집하는 거니까. 올해도 신문부에서 이 문제를 추적하겠다고 정한 기억은 없어."

몬치가 의기양양하게 끼어들었다.

"네가 설레발친 거야. 아무 말이나 쓰고."

도지마 부장은 몬치를 힐끗 쳐다보았을 뿐, 나도 몬치에게 그 이상 대꾸하지 않았다.

부장은 작게 콧숨을 내쉬었다.

"하지만 현실은 네 명뿐인 작은 동아리야. 뜻을 한데 모으자고 따져봤자 괜한 수고만 들지. 그 문제는 정말로 부원이 온 뒤에 생각해도 늦지 않아. 네가 쓴 글이 어떤 의미를 갖는지 제대로 자각하고만 있다면 일단은 넘어가겠어."

지금 저 말은 자조일까? 아무런 변화 없는 심각한 표정으로 보아 하니 그럴 것 같지 않지만.

"마지막으로……."

기분 탓인지 부장의 눈빛이 더 날카로워진 것 같았다. 아니, 분명 도지마 부장은 이 '마지막' 이유를 중요하게 여기고 있다. 부장은 내가 그 사실을 이해하도록 충분한 뜸을 들이고 말했다.

"네가 네 손으로 쓴 기사가 소중해서 도를 넘은 거라면 그 마음도 이해할 수 있어. 하지만 우리노, 미안하지만 나는 너를 그 정도로 믿지 못하겠어."

짧은 침묵과, 팽팽해지는 긴장.

"나는 네게 '비밀'을 털어놓는 기사를 쓰라고 했지. 너는 기사를 썼지만 닛타의 인사이동 사실을 알고 기뻐서 예비 기사를 실었다고 했어. 자, 그럼 보여줘야겠어. '비밀'을 쓴 기사가 정말 존재한다면, 보여줘."

하마터면 신음을 흘릴 뻔했다.

그 기사가 없다면, 처음부터 편집회의의 결과를 따르지 않을 셈이었다는 뜻이 된다. 반대로 존재한다면 내 말을 뒷받침해줄 것이다.

부장이 문제로 삼는 것은 내 행동의 옳고 그름이 아니다. 그것이 용서할 수 있는 행동인가 용서할 수 없는 행동인가. 그리고 그 판단 기준은 기사의 유무에 달려 있다. 그 점을 파고들다니.

덜렁대는 수구파인 줄 알았던 도지마 부장의 인상이 자꾸만 바뀐다. 3월, 학생 지도실 밖에서 맛보았던 상반되는 감정이 또다시 솟구쳤다. 감탄과 분개……. 그것이 내 침묵의 이유였는데, 뭘 착각했는지 몬치가 으스대며 나섰다.

"있을 리 없지, 이 녀석은 제멋대로 굴고 싶었던 것뿐이야."

거기서 그치지 않고.

"어이, 대답을 해!"

아무 말도 하지 않을 셈이었다. 그럴 필요도 없었다. 나는 가방에서 검은 서류철을 꺼냈다. 내가 연쇄 방화에 대해 조사한 결과는 전부 그 안에 있다. 얄팍했던 서류철이 지금은 묵직하니 두툼했다. 거기서 꺼낸 한 장의 종이. 지면에 싣지 않았기 때문에 글자 수를 다듬지 않아 조금 길다.

기사를 내밀려다가 잠시 망설였다. 그것은 나만 알고 있던 '비밀', 연쇄 방화의 규칙을 남에게 보여준다는 사실에 대한 망설임이었다.

부장은 그런 내 마음을 꿰뚫어 보았다.

"《월간 후나도》는 너 혼자만의 소유물이 아니야."

그렇다. 귀찮은 다툼만 없었다면 이 정보는 일찌감치 신문부원 모두가 공유해야 마땅했다. 오히려 지금 보여주는 게 너무 늦었을 정도다.

그건 알지만, 역시 독점이 무너지는 건 싫다……. 비장의 카드를 보여줄 의무는 없으니까.

얼굴이 일그러지는 것을 자각하면서 그 종이를 책상 위에 내려놓았다.

(4월 7일 《월간 후나도》 8면 칼럼 원고 A안)

신입생 여러분, 입학을 축하한다. 후나도 고등학교는 여러분을 진심으로 환영한다.

《월간 후나도》에서는 주로 학내 소식을 소개하고 있다. 하지만 다른 기사를 실을 때도 있다. 예를 들어 올 2월부터 기라 시 전역에서 빈번히 발생하고 있는 연쇄 방화에 대해 일종의 견해를 피력해왔다. 작년 신문부 활동의 일환으로 그 견해를 소개하겠다.

10월 13일, 하마에 공터에서 방화 사건이 있었다. 11월 10일, 니시모리 어린이 공원에서 방화 사건이 있었다. 12월 8일, 고사시 자재 창고, 1월 12일, 아카네베 길거리, 2월 9일, 쓰노 강변, 그리고 3월 15일, 히노데 정 버스 정류장에서 각각 방화 사건이 있었다.

필자는 이들 사건에 연관성이 있다고 확신했다. 각 사건이 전부 그달 두 번째 금요일 심야에서 토요일 새벽에 걸쳐 발생했기 때문이다. 또한 방화 대상의 수준도 서서히 올라갔다. 이 두 가지 사실은 모든 방화 사건이 동일범의 소행임을 강하게 시사했다.

그리고 면밀한 조사 결과, 그 '연관성'을 밝혀내기에 이르렀다. 그 성과로 방화범이 다음에 노릴 지점을 정확하게 예측하기까지 했다. 결과는 전부 적중했다.

기라 시 전체 지도는 여러분이 그 '연관성'을 이해하도록 도와줄 것이다. 지금부터는 가급적 기라 시 전체 지도를 머릿속에 그리며 읽어주길 바란다.

여섯 건의 방화 현장은 각각 어느 정도 거리가 있다. 방화범은 그전에 불을 지른 현장에서 떨어진 곳을 선택하고 있다. 하지만 그것만으로는 '지난번과는 다른 어딘가'가 표적이라는 것밖에 모른다.

현장이 떨어져 있다는 사실이 무엇을 뜻할까? 한곳에 경계가 집중되지 않도록 분산시키는 효과가 있다. 한 지역에만 국

한해 불을 지르면 주민들도 방재 순찰을 돌 것이다. 그것을 막을 수 있다. 그 외에는?

필자는 불이 나면 벌어지는 일에 주목했다. 불이 나면 아무리 주민들이 양동이나 호스로 끌 수 있는 불이라 해도 대부분 소방서에 연락을 한다. 이번 연속 방화 사건에서도 10월 하마에와 3월 히노데 정을 제외하고 소방서가 출동한 사실을 확인했다.

소방서. 출동. 소방차. 필자는 조사해보았다.

그 결과, 이들 방화 사건은 전부 각각 다른 분서에서 진화에 나섰다는 사실을 알 수 있었다. 순서는 니시모리 분서, 고사시 분서, 아카네베 분서였다. 여기에 주목해 필자는 단조로운 조사를 이어나갔다. 전화번호부를, 우편번호부를, 기라시 재해 예측도를 조사했다.

그리고 마침내 이 순서에 부합하는 목록을 발견했다. 놀라지 마시라, 그것은 기라 시 '방재 계획'에 기재된 분서 목록의 역순이었다!

우연일까? 아니, 필자는 암시라고 확신했다. 거기에 근거해 올 2월, 다음 방화 현장은 쓰노 혹은 고비키일지 모른다고 지적했다. 분서 목록에서 아카네베 분서 앞에 있는 것이 쓰노 분서였기 때문이다. 그 예측은 적중했다. 쓰노 분서 앞은 도마 분서였다. 도마 분서 관할 지역은 도마 정과 가지야 정, 히노데 정이다. 그래서 3월에는 그렇게 썼다. 불길이 치솟은 것은 히노데 정이었다.

이 조사의 정확성은 귀납적으로 증명되었다(귀납법에 대해 신입생 여러분은 중학교에서 공부했으리라 믿는다!). 여기서부터는 추측이다. 방화범은 아마도 소방 관계자이거나 시청 직원일 것이다. 방재에 깊이 관여하는 인물이 아니고서는 '방재 계획'의 존재조차 알지 못할 테니까.

이상으로 필자는 연쇄 방화에 대한 조사를 마친다. 신입생 여러분은 분명 이해했을 것이다. 우리 신문부의 활동은 꾸준하고, 보람 있는 일이다. 이 활동에 찬성하고, 직접 참여하기를 바라는 여러분께서는 신문부실(인쇄 준비실)로 찾아오길 바란다. 신문부는 신입부원을 모집하고 있다. (우리노 다카히코)

도지마 부장의 감상 첫마디는 이러했다.

"선동이 심해."

입가가 조금 풀어진 걸로 보아 아마도 쓴웃음을 흘리며 말한 것 같다.

부장은 이어서 이렇게 물었다.

"이 '분서 목록', 지금 갖고 있어?"

당연히 그것도 서류철에 끼워놓았다.

(기라 시 방재 계획 11쪽)

기라 시 소방서 일람표

기라 소방서

기라 남부 소방서

기라 서부 소방서

기라 시 소방 분서 일람표 / 대략적인 관할 구역

가노 분서 / 가노 정·아즈미 정·산구지 정

히노키 정 분서 / 히노키 정·미나미히노키 정

하리미 분서 / 하리미 정

기타우라 분서 / 기타우라 정

가미노마치 분서 / 가미노마치 1가, 2가

하나야마 분서 / 가미노마치 2가·하나야마

도마 분서 / 도마 정·가지야 정·히노데 정

쓰노 분서 / 쓰노 정·고비키 정

아카네베 분서 / 아카네베 정·아카네베히가시신마치

고사시 분서 / 고사시 정

니시모리 분서 / 니시모리 정·호라가사토

하마에 분서 / 하마에 정(산림 지역 포함)

"확실히 딱 맞아떨어지네."

당연하다.

하지만 몬치는 힐끗 보고는 고함을 버럭 질렀다.

"이런 건 우연이야⋯⋯! '방재 계획'은 무슨!"

자리에서 일어날 기세로 몸을 내밀고 침을 튀겼다.

"억지야. 그렇지 않고서야 이런 게 나올 리 없어. 이런 걸 보고 순서에 맞춰 불을 질러서 뭘 하겠어? 아무도 모르는 이런 목록으로!"

"꼭 그렇다고 할 수는 없어."

도지마 부장은 평소와 똑같이 침착한 태도로 목록을 가만히 쳐다보았다.

"아무도 모르는 건 아니지. 이걸 만든 사람이 있고, 그 사람의 부하와, 상사가 있어. 이걸 받은 기관도 있을 거야. 우리노가 기사에 범인이 소방 관계자이거나 시청 직원일 거라고 쓴 건 자연스러워."

나는 고개를 끄덕였다.

"피해 지역은 시내에 넓게 퍼져 있어요. 그건 소방서가 시내 전역을 관할할 수 있도록 일정 간격을 두고 분서를 설치했기 때문이겠죠. 범인은 어른일 거예요. 범인이 어디에 사는지는 모르겠지만, 서쪽으로는 니시모리부터 남쪽으로는 아카네베까지, 차가 없으면 꽤 벅차요."

부장은 그 의견에는 고개를 갸웃거렸다.

"그럴까? 자전거로도 충분할 것 같은데. 어른이 이 목록을 접할 기회가 많다고 한다면 이해하겠지만."

하긴, 나도 자전거를 타고 현지 취재를 갔다. 하지만 솔직히 말해 상당히 힘들었다. 낮에 취재한 내가 이 정도니 심야에 행동한 범인은 자동차를 이용했다고 생각하는 게 자연스럽다.

도지마 부장이라면 밤에도 거뜬하겠지. 보기에도 체력이 철철 넘친다. 하지만 나는 그렇지 않고, 범인 역시 특별히 건강하다고 생각할 근거가 없다. 반론할 수는 있었지만 일단은 입을 다물었다.

"몬치도 말했지만, 이해가 안 가는 건 그 순서대로 불을 지른들 범인에게 무슨 득이 있느냐는 거야……. 어느 소방서가 출동할지 주의하면서 불을 지르다니, 아무리 봐도 일종의 도전이나 시험 같군. 뭐, 동기를 네게 물어도 소용없나. 네게 묻고 싶은 건……."

부장은 목록을 책상에 내려놓았다.

"너는 이걸 어떻게 눈치챘지?"

소방서 관할 지역과 상관이 있을지도 모른다고 생각한 것은 히야와 취재하러 간 날, 역 앞에서 소방차를 보았을 때였다. 붉은 차체에 "가미노마치 2"라고 하얀 페인트로 적혀 있었다. 저건 뭘까 생각하다가, 어느 분서의 소방차인지 구분해놓은 표시라는 걸 깨달았다. 그리고 그날, 고사시 방화 현장을 보러 갔을 때 바로 근처에 분서가 있었던 것을 기억해냈다.

처음에는 나도 설마 하고 웃어넘겼다. 하지만 그 생각이 좀처럼 머리에서 떠나지 않아 집으로 돌아가 조사해보았다.

그렇지만 이런 경위를 일일이 설명할 필요는 없다. 요컨 대, 한마디로 요점은 이거다.

"형이 소방관이라 집에 그런 자료가 있었습니다."

부장은 천천히 팔짱을 꼈다.

"그렇군……."

이유가 너무 단순해 그 이상 말하기 귀찮았는지도 모른다.

부장은 그대로 눈을 감아버렸다. 부실은 기묘한 침묵에 싸였다. 분할 테지만 더이상 끼어들 수 없는 몬치. 폭풍이 지나가기만 바라듯 오로지 고개를 움츠리고 입을 다물고 있는 이쓰카이치. '비밀' 폭로 기사가 실제로 존재한다는 것을 증명하고, 이제 부장의 판단만 기다리는 나.

몇 분. 어쩌면 일 분도 채 되지 않았을지 모르지만 어쨌거나 긴 시간이었다. 부장은 눈을 뜨고 중얼거렸다.

"이건 내 실수야."

"예?"

팔짱을 낀 채로 말하는 부장의 목소리는 아까보다 더 무거웠다.

"내 생각이 짧았어. 결과론이지만 우리노의 기사가 실려서 다행이야. 큰일날 뻔했어."

나보다 몬치가 먼저 따지고 들었다.

"무슨 소리야? 우리노가 멋대로 굴게 내버려두길 잘했다는 뜻이야?"

"……뭐, 그런 셈이지."

"말도 안 돼, 편집회의가 장난이야?"

"그 결과가 완전히 빗나갔던 거야."

부장은 눈짓으로 책상 위의 종이를 가리켰다. 실리지 않은 '비밀' 폭로 기사를.

"이 기사 내용은 내 지시를 거의 따른 거야. 편집회의 때도 그런 식으로 쓰기로 했지. 하지만 몬치, 만약 이 기사가 실렸으면 어떻게 됐을까?"

"어떻게라니."

의견을 묻자 몬치는 대번에 당황했다.

"어떻게 되긴, 학생 지도부 지시도 지켰고, 영문 모를 연재도 끝나고, 만사 오케이잖아?"

"하지만……."

부장이 말을 잘랐다.

"그렇다고 연쇄 방화가 사라지는 건 아니야. 오히려 방화 사건이 또 일어난다면 신문부는 극단적으로 위태로운 처지에 처했을 거야. 큰일날 뻔했다고."

몬치는 아직도 모르고 있다.

"왜? 어째서?"

"모르겠어?"

부장은 천천히 말했다.

"방화 사건이 발생한 요일과, 점점 심각해지고 있다는 사실. '방재 계획'. 우리노, 네가 찾아낸 공통점은 이게 다야?"

"아, 예."

우물거리고 말았다. 그 빈틈을 부장은 놓치지 않았다.

"또 있으면 있다고 말해. 이제 와서 네가 숨기고 있는 비장의 카드를 억지로 캐내지는 않겠어. 있으면 있다, 그것만 말해."

부장은 아무것도 모른다. 그런데 비장의 카드가 있다는 것을 내 태도만으로 꿰뚫어 보았다. 구체적으로 말하지 않아도 된다면야. 나는 마지못해 수긍했다.

"……실은, 있어요. 저만 아는 공통점이."

"그래? 있단 말이지?"

부장은 깊은 한숨을 쉬었다.

"내게는 그런 조심성이 없었어. ……몬치. 만약 기사에서 전부 털어놓았다면, 그 규칙을 똑같이 흉내낸 모방범이 나와도 진범과 분간할 수 없어. 《월간 후나도》가 모방범을 낳았다고 해도 할말이 없는 거야. 그렇게 되면 치명상이야. 폐부로 끝나면 다행이겠지."

몬치는 말문이 막힌 기색이었다.

"하지만 쓰지 않았으니 아직 방법이 있어. 똑같이 모방할 수는 없을 테니까. 신문부는 진범과 모방범을 구별할 수 있다, 어리석은 짓을 하면 바로 알 수 있다는 걸 보여주고 그걸로 멍청한 녀석이 나오지 않도록 막는 거야. 진범에게 죄를 떠넘길 수 없다는 걸 밝혔는데도 모방하는 놈이 나온다면 그건 그냥 단독 방화범이야. 우리하고는 상관없다고 부정할 수 있어. 어쨌거나 방화를 보도하는 것은 일반 신문도 하는 일이니까."

부장의 말은 마치 독백 같았다.

"우리노의 독단 덕분에 살았군. 역시 나는 이런 문제는 맞지 않아. 미리 의논했어야 했는데."

기묘한 혼잣말이었다. 부장은 분명 의논했어야 했다고 말했다. 누구에게? '이런 문제'에 맞는, 누군가에게 의논했어야 했다고 중얼거린 건가?

내 머릿속에 어째선지 한 사람의 모습이 떠올랐다. 의자에 앉은 도지마 부장에게 가만히 귓속말을 하는 여학생. 어째서 지금 오사나이의 얼굴이 떠올랐을까. 스스로도 당혹스러웠다.

내 사정이야 어쨌든 부장은 한층 목소리를 키웠다.

"우리노!"

"네!"

"나도 3학년이야. 입시를 준비해야 해."

나는 잠자코 듣고 있었다.

"원래는 3학년이 5월까지 동아리를 이끄는 게 관례지. 하지만 마침 잘됐어. 나는 부장 자리에서 은퇴하겠어."

"엇?"

외마디소리를 지른 것은 내가 아니었다. 몬치와, 그때까지 한마디도 하지 않았던 이쓰카이치였다. 도지마 부장은 이어서 선언했다.

"신문부에서도 은퇴하겠다. 너하고 이쓰카이치, 둘 중 하나가 부장을 맡아서 잘 꾸려나가."

조만간 그럴 줄은 알았다. 하지만 나도 5월은 되어야 할 줄 알았다.

3학년의 은퇴. 부장 선출.

와야 할 것이, 설마 오늘 올 줄이야.

나는 무심코 이쓰카이치를 쳐다보았다. 이쓰카이치도 내 쪽을 보고 있었다. 하지만 눈이 마주친 순간, 이쓰카이치는 허둥지둥 시선을 돌려버렸다.

그 모습을 본 나는 당연한 흐름을 확신했다. 후나도 고등학교 신문부 부장은, 바로 오늘부터 이 우리노 다카히코가 맡는다.

오늘부터 내가 《월간 후나도》를 이끌 것이다.

어째서일까, 기쁨이나 자부심을 느끼기보다도 나는 가장 먼저 팔짱을 끼고 있는 선배에게 고개를 숙였다.

"수고하셨습니다."

도지마 선배는 거추장스러운 말은 하지 않았다. 다만 평소와 다름없이 묵직하게, 고개를 끄덕였다.

도지마 선배는 나쁜 부장은 아니었다. 좋은 점도 많았다. 확실히 문제 대처 능력은 인정할 만하고, 무엇보다 리더십이 있었다.

하지만 최고였는가 하면, 그건 아니었다. 도지마 부장은 결국 《월간 후나도》를 바꾸지 못했다. 학교에서 예산을 받고, 후나도 고등학교 전교 학생에게 돌릴 수 있는 《월간 후나도》. 좀더 매력 넘치는 신문이라도 괜찮을 터였다.

나는 연쇄 방화 사건에 매달려야 한다. 다른 일에는 손을 댈 수 없다. 몬치는 은퇴한다는 말도 계속하겠다는 말도 하지 않았지만 아무 도움도 못 된다. 아니, 내가 아무것도 시키지 않을 것이다. 이쓰카이치 역시 미덥지 못하지만 이쪽은 기존 양식의 기사를 적당히 맡기면 지면을 채우는 데는 도움이 될 것이다. 나머지는 신입부원에게 기대를 거는 수밖에. 쓸 만한 녀석이 들어오면 뭔가 굵직한 특종을 찾아보라고 해야지. 연쇄 방화 사건의 유효기한이 끝날 즈음, 다음 특종을 다룰 수 있다면 최고다.

나도 지금보다 더 훌륭한 실적을 내야 한다. 다음 연쇄 방화 기사는 8면 칼럼 같은 작은 지면이 아니라 일면에 내고 싶다. 톱을 장식할 수는 없겠지만 시내 상황을 전달하는 코너라고 이름을 붙여 일면의 일부를 차지할 수는 있을 것이다. 그러려면 내용도 강화해야 한다. 사실 다음 피해 지역을 예상하는 것만으로는 성이 차지 않았다. 지속적으로 독자의 관심을 끌려면 새로운 전개가 필요하다고 생각하고 있었다.

학교 안에서의 평판도 조금씩 높아지겠지. 기대를 품게 하고, 그 기대에 부응하는 식으로 《월간 후나도》의 가치를 높여간다. 나는 그렇게 할 수 있다.

방화범의 행동 유형은 이미 파악했다. 그렇다면 내가 써야 할 기사, 해야 할 취재는……

바빠지겠군. 일이 재미있게 됐다.

문득 정신을 차리고 보니 이미 날이 저물고 있었다.

부실에 혼자 남아 해야 할 일을 정리하다 보니 너무 열중한 모양이다. 어쨌거나 일단은 신입부원을 모집해야 한다. 이쓰카이치에게도 아이디어를 내라고 해야겠다. 그렇게 결정을 내리고 인쇄 준비실을 뒤로했다.

복도로 나가자 창문으로 석양이 비쳐들고 있었다. 그날은 노을이 유난히 붉었다.

하교 시간까지 아직 여유가 있는데 복도에는 인기척이 거의 없었다. 처음에는 아무도 없는 줄 알았다. 하지만 그건 착각이었다. 붉은빛에 묻힌 누군가가 벽에 기대어 있었다. 손

에는 문고본. 신입생인 줄 알았는데 아니었다. 자그마하지만
저래 봬도 3학년. 오사나이 유키.

"이제야 나왔네. 농성이라도 하는 줄 알았어."

"기다린 거야?"

지금까지 한 번도 그런 적이 없었다. 놀랍다 못해 의심스
러울 정도였다. 하지만 오사나이는 꾸밈없는 미소를 지으며
끄덕였다.

"응."

"그렇구나. 지금 돌아가려던 참이야. 같이 가자."

"아, 응. 그것도 좋은데, 그전에……."

오사나이가 벽에서 한 걸음 떨어졌다.

"부장이 됐다면서? 축하해."

"아, 응."

어떻게 알았지?

"고마워."

그렇게 말하면서 고민에 빠졌다. 어떻게 알았을까. 답은
하나. 도지마 선배가 알려준 것이다.

도지마 선배가 알려준 이유는 무엇일까? 신문부가 아니면
상관도 없을 그런 일을.

뇌리에 떠오른 것은 도지마 선배에게 귓속말을 하는 오사

나이. 유연하게 몸을 숙인, 요염한 옆모습.

오사나이는 또 한 걸음 내게 다가왔다.

"걱정이 돼서 기다렸어."

"뭐가?"

"있지. 우리노가 부장이 되면, 그 사건을 더 깊이 추적할 것 같아서……. 그게 걱정됐거든."

그럴 생각이다. 나는 그 사건을 더 추적할 것이다.

그뿐만이 아니다.

"사건만이 아니야. 범인도 추적할 생각이야."

"어……."

"방화범의 행동 유형은 파악했어. 범행 현장을 사진으로 찍어 경찰에 넘겨서 체포하게 만들 거야. 어째서 지금까지 그런 생각을 못 했는지 이상할 정도야. 할 수만 있다면 내 손으로 직접 잡고 싶어."

후나도 고등학교 신문부 부장, 연쇄 방화범을 체포하다.

얼마나 매혹적인 아이디어인가! 신문부의 명성은 단숨에 올라갈 것이고, 나는 신문부는 물론이요, 후나도 고등학교 역사에도 이름을 남길 것이다. 그야말로 내가 바라던 일이었다.

직접 체포하는 건 쉬운 일이 아니겠지. 방화범의 체격이 어떨지는 모르겠지만 싸울 줄도 모르는 내가 사람을 제압할 수나 있을지 의심스럽다.

하지만 범행 순간을 촬영할 수만 있다면.

"《월간 후나도》는 달라질 거야."

오사나이가 살짝 얼굴을 찌푸렸다.

"도지마도 못 했는데?"

그 한마디에 시커먼 감정이 불쑥 치솟았다.

역시. 오사나이와 도지마 선배는 지금도 뭔가 접점이 있다. 어떤? 오사나이는 도지마 선배를 어디까지 믿는 걸까?

"그 자식은 아무것도 안 했어. 있으나 없으나 매한가지야."

적어도 연쇄 방화 사건을 조사할 때 도지마 선배가 도와준 적은 없다.

그렇다. 생각났다. 언제였더라. 로맨스 영화인 줄 알았는데 서스펜스 영화를 보고 말았던 날. 나를 아이스크림이 맛있는 가게로 데려간 오사나이는 내게 이렇게 말했다.

— 말썽은 그만 피워. 아무것도 하지 않는 게 최선이야.

"내가 이 사건을 조사하는 걸 반대하는구나."

"……우리노, 표정이 무서워."

"어째서? 나를 못 믿겠어? 도지마가 더 믿음직스러워? 비장의 카드를 쥐고 있는 건 나야. 나만 알고 있는 사실이 아직 더 있어. 도지마는 아무것도 몰라."

오사나이가 손에 들고 있던 문고본을 가슴에 품었다. 그 작은 책으로 자기 몸을 지키려는 듯이.

"도지마는…… 그래, 믿음직스러워. 편리하거든. 하지만 내 말은 그런 뜻이 아니야."

"그럼?"

"우리노."

오사나이가 눈을 내리깔고 말했다.

"부탁이야, 화내지 말고 들어……. 나, 노력가는 싫지 않아. 하지만……."

목소리가 작아졌다.

"좋아하는 건, 아무것도 하지 않는 사람이야."

"아무것도 하지 않는……?"

"응. 난 소시민이니까. 그리고 소시민을, 좋아해."

잠겨서 거의 알아듣기 힘든 목소리였다. 방과후 복도가 이토록 조용하지 않았다면 묻혀버렸을 것이다.

아아, 오사나이…….

어쩜, 어쩌면 저렇게 거짓말이 서툴까! 나를 말리기 위해 저런 어색한 거짓말까지 해가며, 이런 말로 나를 설득할 수 있다고 생각하는 걸까?

"난 아니야."

똑똑히 선언했다. 오사나이가 흠칫 고개를 들었다.

"나는 아니야. 아무것도 하지 않는 소시민이 아니야. 나한
테 맡겨, 괜찮아. 기다려봐, 석 달 후에는 최고로 멋진 모습
을 보여줄게."

도지마 선배는 이제 신문부가 아니다. 내가 해낼 것이다.

오사나이가 뭐라고 해도 그만둘 생각은 없다. 오사나이가
내 능력을 의심한다면, 증명하면 그만이다.

"내 말 좀 들어, 우리노."

"안 들을 거야."

나는 두 팔을 뻗어 오사나이의 어깨를 움켜잡았다. 자그마
하고 가녀린, 힘을 주면 부서져버릴 듯한 어깨. 그대로 끌어
당기며 무릎을 굽혔다.

그리고 지금까지 하고 싶었지만 하지 못했던 행동을, 했다.

오사나이에게 키스를 한 것이다.

그런데.

오사나이의 입술에서는 아무 느낌도 나지 않았다. 보드랍
고 따스한 느낌을 기대했는데 모래라도 씹은 것처럼 푸석푸
석했다.

눈을 감을 작정은 아니었는데 감고 말았던 모양이다. 위화
감에 살그머니 눈을 떴다.

종이 한 장.

오사나이는 얇고 작은 종잇조각으로 나를 막고 있었다. 입
술에 대고 있는 종이는 영수증이었다. 오사나이의 왼손에는
문고본, 오른손에는 영수증. 새하얘진 머리 한구석으로 아
아, 영수증을 책갈피 대신 끼워놓았구나, 그런 생각을 했다.

바로 십 센티미터 앞에서 오사나이가 눈을 가늘게 떴다.

"그럼 못써."

어딘가 즐거운 기색으로. 영수증은 아직 입술 앞에.

"들으라고 하면 들어야지."

오사나이가 몸을 돌렸다. 어깨를 붙잡고 있던 내 손은 어
느새 떨어져 있었다.

폴짝, 오사나이는 점프라도 하듯 뒤로 물러났다. 뒷짐을
지고 나를 올려다보았다.

"하지만 우리노, 맡겨보라고 했지? 멋진 모습을 보여줄
거지?"

나는 고개를 꾸벅했다.

오사나이가 웃었다. 그렇게 웃기려고 애썼는데 미소밖에
짓지 않았던 오사나이가.

날아갈 듯한 표정으로 웃고 있었다.

"좋아. 기대할게."

오사나이는 그렇게 말하고 치마를 펄럭이며 등을 돌렸다.

그 어깨 너머로 하얀 물체가 한들한들 떨어졌다. 영수증이
다. 오사나이의 얇은 방패.

"줄게. 기념으로."

몸을 숙여 주워 들고 고개를 들어보니…….

오사나이는 어디론가 사라지고 붉은 저녁노을 대신 어스름
만 남아 있었다.

4

주머니 속에서 휴대전화가 부르르 떨렸다. 맞춰놓은 알람이 작동했다. 나는 샤프를 책상에 내려놓고 고개를 젖혀 커다란 한숨을 천장에 토해냈다.

일요일 도서관. 책을 볼 것도 아니면서 도서관에서 입시 공부를 하다니 썩 바람직한 행동은 아니다. 다만 기라 시립 도서관은 '학습실'이라는 공간이 있다. "학생 여러분은 이곳을 이용해주시기 바랍니다"라는 종이가 붙어 있기에 거리낌 없이 들어갔다. 허락만 받으면 어디든 기꺼이. 이 또한 소시민의 태도라 할 수 있다.

그런 학생은 의외로 많았다. 학습실 책상은 절반쯤 차 있었다. 아직 4월인데.

가을철 한정 구리킨톤 사건 (상)

4월부터 입시 준비라니 내가 생각해도 기특한 일이다. 하지만 아마 그리 오래가지는 않겠지. 다음달쯤에는 싫증이 날 테고, 다시 학업에 박차를 가하는 건 여름방학일 것이다. 그 무렵에는 이 학습실도 꽉 차겠지.

오늘은 무난한 대학 입시 문제집을 가져와 시험 삼아 풀어보았다. 정확히 시간을 재가며 실전처럼.

모르는 문제도 몇 개 있었다. 가령 어떤 확률 문제는 앞으로 배울 내용이다. 아니, 고등학교에서 삼 년 동안 대비해야 할 입시 문제에 이제 막 3학년이 된 내가 도전했는데 그럭저럭 풀 수 있다니 뭔가 이상하다. 원칙적으로 3분의 1은 아직 안 배운 내용인데.

삼십 분쯤 답안지를 보며 채점을 했다. 답을 쓴 바인더 노트 용지를 앞에 두고 나는 고개를 갸웃거렸다. 화학이 조금 약하지만 그리 불안한 수준은 아니다. 다만 아무래도 현대국어 점수가 들쭉날쭉하다. 만점을 받을 때도 많지만, 60점 수준에 그칠 때도 있다.

원인은 아마도 성격 때문이리라. 가령 'B는 A 때문에 소중한 보물을 잃었다. A를 다시 만난 B의 심정을 선택하시오'라는 문제가 있다고 치자. 객관식 문제니 분하다거나 억울하다는 뜻의 선택지를 찾아내면 된다. 그건 아는데, 나는 이따금

'아니, 이 흐름이라면 B의 마음속에 있는 건 분명 환희일 거야'라는 식으로 의식이 흘러간다. 진실을 보다 깊게 바라보기 위한 증인을 다시 만났으니 기쁘지 않을 리 없다. 그런데 알맞은 선택지가 없다. 그래서 고민 끝에 틀릴 때가 있다. 현대국어, 특히 문장 독해는 한 문제당 배점이 크다. 이런 실수는 용납되지 않는다.

이 나쁜 버릇을 입시 전까지 고칠 수 없을까?

……어렵겠지. 타고난 성격이니. 앞으로 아홉 달. 무한하게 느껴질 만큼 긴 시간이지만 이 또한 지나갈 것이다. 유구해 보였던 초등학교 육 년의 세월도 끝났고, 영겁보다 길 줄 알았던 중학교 삼 년 세월도 끝났다. 고등학교 삼 년 세월도 당연히 끝날 것이다. 안다. 알고는 있지만 뭐랄까, 갑자기 시간이 영원히 순환하지는 않을까?

그럴지도 모르니 이다음 공부는 그때 하자. 짐을 정리해 얼른 퇴장. 아아, 피곤하다.

돌아가기 전에 통로에 놓인 자판기에서 커피를 사야겠다. 뜨거운 걸로 마실까 시원한 걸로 마실까 망설여지는 시기다. 이제 춥지는 않지만 아이스커피 생각이 날 정도는 아니다. 결국 뜨거운 커피를 사서 자판기 옆 벤치에 앉았다.

한 모금 마시고 숨을 푹 내쉬었다.

가방에서 바인더 노트를 꺼냈다. 아까 풀었던 시험문제의 답이 보였다. 그렇지만 객관식이니 문1=2, 문3=4, 이런 식으로 숫자만 주르륵 늘어서 있을 뿐이다. 이 숫자들을 쓰는데 몇 시간이 걸렸을까, 삶이 허망하다는 생각이 든다. 들여다봐도 시시할 뿐이니 페이지를 넘겼다.

문제를 풀면서 이따금 낙서를 했다. 이 낙서가 아무래도 마음에 걸려 최고의 집중력을 발휘하지 못한 것 같다. 말하자면 이것은 피부에 박힌 가시 같은 존재……. 작년부터 이따금 생각이 나는데 아무래도 껄끄럽다.

낙서에는 고유명사가 늘어서 있었다.

도지마 겐고.

오사나이 유키.

우리노 다카히코.

이쓰카이치.

호조.

깊게 박힌 가시의 이름은 '후나도 고등학교 신문부 주도권 쟁탈 사건'.

혹은 '기라 시 연쇄 방화 사건'일지도 모른다.

이 가시를 뺄까 말까, 오랫동안 고민했다.

기본적으로는 내버려두고 싶다. 나는 이미 오사나이와는

거리를 두었으니 이제 와서 오사나이가 무슨 짓을 하든 신경 쓰지 않는 게 맞다. 하지만 어쩌면, 일 퍼센트 정도는, 옴짝달싹 못 하는 상황에 빠졌을지도 모른다. 내 우려가 맞는다면……. 그때는 내가 할 일이 늘어나겠지.

커피를 비우고 공책은 가방에.

도서관에서 나와 세워놓았던 자전거를 가지러 갔다.

정문 앞에서 오른쪽으로 갈까 왼쪽으로 갈까 고민했다. 오른쪽으로 가면 집이다. 아직 대낮이니 훤하게 밝을 때 집에 도착할 것이다. 왼쪽으로 가면 도지마 겐고의 집이 나온다. 걸어서 가도 몇 분, 자전거로 가면 엎어지면 코 닿을 거리다.

나는 자전거에 올라타 중얼거렸다.

"겐고 녀석……. 어떻게 할까."

걱정만 할 바에야 일단 덤벼들고 본다거나 무작정 움직이고 보는 것은 소시민의 덕목이 아니다. 그것은 굳이 따지자면 영웅의 자질이다. 겐고에게 물어보면 그것만으로도 내게 박힌 가시는 사라질지도 모른다. 그런데 아무래도 망설여지는 이유는, 겐고와 내가 역시 그렇게 죽이 맞는 사이는 아니기 때문이다.

뺨을 긁적였다.

뭐, 하지만 언제까지 질질 끄는 것도 내키지 않는다. 수험

가을철 한정 구리킨톤 사건 (상)

공부를 하다가 갑자기 걱정이 될 정도라면 수험생으로서도 문제다.

일단 전화만 해보자. 혹시 집에 있으면 찾아가서 이야기를 들어보자. 집에 없으면 어쩔 수 없다. 그렇게 결심하고 주머니에서 휴대전화를 꺼냈다.

이 휴대전화는 작년에 새로 바꾼 것이다. 전에 쓰던 휴대전화는 워낙 낡아서……. '겐고 휴대전화'로 연락. 자전거에서 내려서 기다렸다.

신호음 다섯 번.

신호음 열 번.

"안 받네……."

집에 없나? 자나? 버튼을 눌러 전화를 끊었다. 다행인 건지, 아쉬운 건지 모르겠다.

그때 바로 뒤에서 목소리가 들렸다.

"아, 끊어버렸네."

귀에 익은 목소리였다.

뒤를 돌아보자 도지마 겐고가 도서관 현관에 서 있었다. 휴대전화를 손에 들고 있다. 보아하니 도서관에 있는데 전화가 와서 황급히 밖으로 뛰쳐나온 모양이다.

고지식하긴.

눈앞에서 겐고가 휴대전화를 만지작거렸다. 손에 쥐고 있던 휴대전화가 부르르 떨렸다. '착신 겐고 휴대전화'. 일단 전화를 받아보았다.

"여."

"볼일이라도 있어?"

"응, 일단 고개 좀 들어볼래?"

겐고가 내 말을 고분고분 들은 덕에, 눈씨름하는 꼴이 되었다.

"겐고도 도서관을 이용하는구나."

"가까우니까."

듣고 보니 맞는 말이다.

집에 찾아갈 필요가 사라지자 마음이 조금 가벼워졌다. 도서관으로 돌아가 자판기 옆 벤치에 나란히 앉았다. 겐고는 뜨거운 커피를 샀지만 나는 삼 분 전에 마셨기 때문에 그만두었다.

첫 한 모금을 입에 대기가 무섭게 겐고가 물었다.

"그래서 무슨 용건이야?"

"응, 좀……."

마음의 준비도 하지 못했는데 겐고가 갑자기 튀어나와 말문을 어떻게 열지 정하지 못했다. 우선 무난한 말로 시작했다.

"아까는 미안. 여기 있는 줄 알았으면 문자를 보내는 건데."

"깜짝 놀랐어. 전원을 안 껐던 나도 잘못이지만."

"아니, 서두를 필요는 없었는데."

겐고는 나를 힐끗 보았다.

"어떻게 당황하지 않을 수 있겠냐? 넌 대개 보통 일이 아닐 때만 전화하잖아. 급한 용무일지도 모르니까."

그 점에 대해서는 미안하게 생각한다. 늘 신세가 많다. 그리고 '보통 일이 아닐지도 모르니 서둘러 전화를 받으려고 당황한' 겐고에게는 언젠가 제대로 신세를 갚아야겠다.

"지난번 전화도 묘했지. 그건 뭐였어?"

"지난번?"

겐고가 욱한 표정으로 말했다.

"자동차 사진을 보내달라고 했잖아. 네가 하는 말이니 사정은 나중에 설명해주겠지 싶었는데……. 잊었냐?"

그러고 보니 그런 일도 있었네. 일부러 설명하지 않은 건 아니고 그후에 이것저것 고민하다 보니 그만 깜빡하고 말았다.

"미안. 잊고 있었어. 지금 말할게."

"나한테 묻고 싶은 게 있는 것 아니었어?"

"그것하고도 상관이 있어."

생각을 조금 정리했다.

발단은 이거다.

"작년 11월 말에 나한테 전화했던 거 기억해? 어쩌면 12월이었을지도 몰라."

"아아. 그러고 보니 사진을 보내달라고 한 날에도 그런 소리 했지."

"그랬지."

기억은 안 나지만.

사실관계는 공책에 대충 정리해놓았다. 하지만 굳이 그걸 꺼낼 필요는 없다. 대강 머릿속에 들어 있다.

"발단은 9월이었어. 신문부에서 우리노 다카히코가 학교 밖 문제를 기사로 쓰고 싶다는 말을 꺼냈다고 했지? 넌 그 말을 기각했고."

겐고는 어리둥절한 기색으로 물었다.

"그게 무슨 상관이야? 내가 궁금한 건 그 사진 이야기라고."

"상관이 있다니까."

어쩌면 겐고는 사정을 꽤 깊이 파악하고 있을지도 모른다고 생각했는데 아닌 모양이다. 뭐, 전혀 모르진 않겠지만.

"네가 반대한 이유는 만약 그 주장이 채택되면 우리노가 유괴 사건에 대해 쓸 것 같아서였지. 그렇지?"

"그것도 이유 중 하나였지."

"그후 오사나이가 널 찾아왔어. '여름방학 때 있었던 일은 쓰면 곤란하지만, 다른 일이라면 학교 밖 문제를 다루는 것도 괜찮을' 거라는 소리를 했지? 넌 그 말을 수상하게 여기고 내게 전화했고."

"맞아."

"어떻게 생각했어?"

"그러게……."

겐고는 캔 커피를 든 채로 팔짱을 꼈다. 겐고는 팔짱을 자주 끼는데, 손에 뭘 들고 있어도 고집스레 팔짱을 끼는 모양이다. 어쩌면 요가 자세일지도 모른다.

"어째서 신문부 사정을 아는지 의심스러웠어. 게다가 그런 말을 듣는다고 내 마음이 바뀔 리도 없는데, 그것도 이상했지."

"그래, 그거야. 의문의 해답은 간단해. 신문부 안에 오사나이가 아는 사람이 있기 때문이지."

"있지. 몬치라는 녀석이 오사나이하고 같은 반이야."

어라?

"그래?"

"그래. 그런가, 몬치한테 들었다고 하면 이해가 가네."

그렇게 생각하면 자연스럽지만 그러면 그 이후의 사실들과 부합하지 않는다. 아니면 내 생각이 빗나갔나? 아니, 하지만……

"몬치라는 친구는 학교 밖 문제를 다루는 데 찬성했어?"

"아니, 반대했어. 우리노를 싫어하는 눈치였어."

그렇군. 그렇다면 역시 내 생각이 맞다.

"뭐, 그건 됐고. 겐고는 오사나이의 말을 들어도 마음이 바뀌지 않는다고 했지? 하지만 난 그렇게 생각하지 않아."

"무슨 뜻이야?"

자기 문제에 의문을 제기하자 겐고는 당연히 의아해했다. 표현을 조금 누그러뜨리는 게 나을지도 모르겠다.

"겐고는 오사나이를 감싸주려고 우리노의 제안에 반대한 거지. 그후 우리노가 몇 번을 말했어도 역시 반대했을 거야. 하지만 오사나이의 한마디로 겐고는 반대 의견을 고집할 필요가 사라졌어. 찬성하기 쉬워진 거지. 적어도 오사나이는 그렇게 생각했을 거야. 오사나이가 겐고에게 한 말은 아무리 생각해도 '우리노 말에 찬성해달라'는 의미니까."

겐고는 무거운 신음을 흘렸다.

"……듣고 보니 그러네. 날 갖고 논 건가?"

"설득당한 거지. 그럴 수밖에 없었을 거야."

"그렇다면 오사나이는 우리노하고 아는 사이라는 말이야?"

"아마도. 몬치하고도 접점이 있다는 말을 들었을 때는 불확정 요소가 튀어나온 줄 알았는데, 몬치는 우리노의 주장에 반대했다니까. 오사나이는 우리노를 응원한 거야."

겐고는 팔짱을 풀고 커피를 찔끔찔끔 마시더니 뭔가 생각난 듯이 손길을 멈추었다.

"잠깐, 그건 이상한데. 결과적으로 칼럼은 우리노가 독점했지만 처음에 칼럼을 쓰고 싶다고 말한 건 이쓰카이치야."

"그럼 이쓰카이치가 그렇게 주장하도록 꾸민 것도 오사나이일 거야."

그 정도는 놀랄 일도 아니다.

그런데도 눈이 휘둥그레진 겐고를 내버려두고 말을 이었다.

"두 가지 가능성이 있어. 하나는 오사나이가 이쓰카이치에게 딱 한 번만 칼럼을 쓰게 하려고 암약했을 가능성. 또 하나는 오사나이가 최종적으로 우리노가 칼럼을 독점하게 만들려고 암약했을 가능성.

전자라면 널 들쑤실 이유가 없어. 이쓰카이치가 쓴 칼럼도 읽어봤는데, 그 유괴 사건을 쓸 우려는 없어 보였으니까. 후자였기 때문에 널 들쑤실 이유가 있었어. 갖고 놀았다고 해야 하나, 오사나이가 조종한 사람이 있었다면 그건 이쓰카이치일 거야.

그리고 우리노는 이 마을에서 일어나고 있는 연쇄 방화 사건을 추적하기 시작했지."

"왜?"

겐고가 언성을 높였다.

"무엇 때문에 오사나이가 신문부에 참견을 해?"

대조적으로 내 목소리는 작아졌다.

"글쎄……. 그 점이 마음에 걸려. 장난으로 그랬을 리는 없으니까. 여기서 네가 보내준 사진이 단서가 되는 거야."

크림색 라이트밴. 내가 보았을 때는 숯덩어리였다.

"겐고. 2월에 쓰노 강변에서 자동차가 불에 탄 일 알고 있지? 그건 네가 보내준 사진 속 자동차였어."

겐고의 표정에 긴장이 서렸다.

"사진 속 자동차라니, 너 그건……."

"그래. 오사나이가 납치당했을 때 사용된 자동차야. 그게 강변에서 불에 타버렸어.《월간 후나도》에서 예언한 것처럼."

"조고로. 설마 너는……. 아니, 아닐 텐데. 뭐가 어떻게 된 거야?"

가을철 한정 구리킨톤 사건 (상)

겐고는 그렇게 중얼거리더니 캔 커피를 마지막 한 방울까지 털어넣고 빈 캔을 바닥에 내려놓았다. 그리고 이제 마음껏 할 수 있겠다는 듯이 단단히 팔짱을 꼈다.

뭐가 어떻게 되었느냐니, 재미있는 말이다. 내 위화감, 따끔따끔한 가시의 근원이 바로 그것이다.

"오사나이가 그 자동차가 불에 탔다는 걸 알리고 싶어 우리노를 지지했다고 가정해보자. 하지만 금세 벽에 부딪혀. 칼럼이 시작된 건 1월. 그렇다면 그 지면을 맡을 사람은 12월에 정했겠지?"

"맞아."

"그렇다면 오사나이는 작년 12월 이전에 2월에 그 자동차가 불에 탈 줄 알고 있었다는 뜻이 돼. 그리고 2월의 화재는 일련의 연쇄 방화 사건을 이루는 완벽한 한 조각이지. ……뭐, 뒷말은 굳이 하지 않아도 알겠지?"

하지만 결론을 받아들이기 전에 생각해봐야 한다. 가정은 옳은가?

"하지만 쓰노에서 버려진 자동차가 불에 탄 것 자체는 일반 신문에도 실렸어. '다음 호 예고'를 별개로 치면《월간 후나도》에만 실린 정보는 없었어. 그렇다면 딱히 책략을 부리지 않았어도 보도는 된 거니까, 가정이 이상해. 오사나이가 우리노를 응원해서 칼럼을 쓰게 한 일과, 유괴범이 썼던 라이트밴이 불에 탄 일 사이에 직접적인 관계를 찾아볼 수가 없어."

"그럼 단순한 우연일까?"

나는 저도 모르게 벤치 앞으로 다리를 힘없이 쭉 뻗고 있었다.

"가능성은 높아. 나는 십중팔구 그럴 거라고 생각해. 하지만……. 겐고, 오사나이는 자동차에 불을 지를 만한 사람일까?"

겐고는 말을 하지 못했다. 입을 꾹 다물고 있다. 이 강직한 남자가 차마 대답하지 못한다는 사실이 무엇보다 많은 말을 해주었다.

오사나이라면 그럴지도 모른다.

겐고가 그렇게 생각하는 것도 어쩔 수 없는 일이다. 그 왜소한 모습 주변에 드리운 그림자가 너무나 짙다.

나는 조금 더 적극적으로 생각해보았다. 오사나이는 그럴 필요가 있다면 행동할 것이다. 재작년 사기 사건 때처럼. 작년 유괴 사건 때처럼. 예전처럼. 꼭 그래야만 한다면 뭐든지 할 것이다.

오사나이는 '소시민'을 표방하고 있다. 나와 마찬가지로.

　　　　　　　　　　　　　　가을철 한정 구리킨톤 사건 (상)

그리고 역시 나와 마찬가지로 그것은 거짓말이다. 우리가 상부상조 관계를 끊은 뒤로 반년도 더 지났다. 그사이 오사나이가 내면의 '늑대'를 길들이지 못했다면 그녀는 행동했을 것이다.

하지만…….

"수법이 노골적이야. 오사나이 스타일이 아니야."

나는 잠시 겐고의 존재도 잊고 그렇게 중얼거렸다.

오사나이는 달콤한 디저트와 복수를 사랑한다. 오사나이를 건드리면 반드시 반격을 당한다. 오사나이는 복수를 좋아하니까.

하지만 그 복수는 세일러복에 기관총을 들고 적을 몰살하는 스타일이 아니다. 오사나이는 덫을 치고 적을 유혹해 함정에 빠뜨린 다음 그 위에 강철 뚜껑을 덮어 복수한다.

그것은 내가 그냥 넘길 수 없는 악행을 발견해도 고테쓰*를 허리춤에 차고 악은 보는 즉시 베어버리겠다**고 날뛰지 않는 것과 마찬가지다. '불'은 내 스타일이 아니다. 동시에 오사나이의 스타일도 아니다.

---

* 에도시대의 명공 나가소네 오키사토가 만든 명검.

** 악즉참(惡卽斬)을 주장했던 신센구미 국장 곤도 이사미가 고테쓰를 애용했다고 하나 워낙 명검으로 가짜도 많았던 터라 진위 여부는 분명치 않다.

하물며 그 일이 널리 알려지도록 손을 쓰다니, 분명 이상하다. 우리는 자신의 성격을 안다. 나는 오사나이의 성격을 알고 있다. 우리는 자의식 과잉. 언제나 누군가가 우리를 보고 있는 것만 같아 몸을 숨긴다. 그렇기에 자기현시욕은 왕성하지 않다!

"겐고 너한테 묻고 싶은 게 있는데."

"어, 어어."

이야기가 넘어가자 겐고는 어쩐지 안도하는 눈치였다.

"오사나이하고 우리노 다카히코가 어떤 사이인지, 신문부전 부장인 겐고는 뭐 아는 거 없어?"

물론 나는 답을 알고 있다. 지금까지 나눈 대화에서 겐고의 반응을 보면 불을 보듯 뻔했다.

겐고는 고개를 저었다.

"아니, 몰라. 미안하지만 그런 생각은 하지도 못했어."

그렇겠지.

뭐, 새로운 정보가 전혀 없었던 것도 아니고, 휴일 오후 담화치고는 그럭저럭 즐거웠던 편이다. 그렇게 마무리를 지으려는데, 역시나 도지마 겐고. 모른다는 한마디로 포기하려하지 않았다.

"그런 정보라면 요시구치한테 물어보면 알지도 몰라."

"요시구치? 누구야?"

"우리 반 여학생이야. 어쨌거나 누가 누구랑 사귀는지 감시하는 걸 삶의 낙으로 삼고 있는 녀석이거든. 난 너하고 오사나이가 헤어진 것도 요시구치한테 듣고서야 알았어."

그런 정보 수집가 같은 학생이 있었나……?

뭐, 세상에는 여러 사람들이 있다. 강직한 신문부 부장이나, 달콤한 디저트를 좋아하는 자칭 소시민이 있다. 연쇄 방화 사건에 눈을 빛내는 후배도 있다. 같은 나이에 약물에 손을 대거나 빈집을 터는 아이도 몇 명은 알고 있다. 남의 연애사에 다대한 관심을 갖는 여학생은 오히려 평범할지도 모른다.

"당장 월요일이라도 좋으니 소개해줄래?"

"그래, 알았어."

월요일에 다시 얘기하면 되겠지 싶어 벤치에서 일어나려던 차였다. 하지만 혼잣말처럼 중얼거리는 겐고의 물음에 걸음을 멈추었다.

"조고로……. 나도 한 가지 물어봐도 돼?"

"뭐든지."

대답은 그렇게 했지만 조금 꺼림칙했다. 사무적인 정보 교환을 넘어선 대화를 나누면 겐고와 나는 반드시 어긋나기 때문이다.

하지만 겐고의 질문은 내 의표를 찔렀다.

"너는 어째서 이 문제에 끼어드는 거야?"

"어째서냐니⋯⋯."

"신문부 문제도 그렇고, 연쇄 방화 문제도 그래, 네가 관여할 이유는 전혀 없을 텐데?"

아니, 뭐, 그렇긴 하지만.

그렇긴 한데, 겐고가 그걸 눈치챌 줄은 몰랐다.

사실 '이 문제는 나하고 상관없어'라고 사절하는 게 소시민의 기초 덕목, 기본 태도다. 겐고가 그 점을 지적했다는 게 의외였다. 겐고는 언제나 소시민이고자 하는 나를 비굴하다고 비난해왔는데.

혹시 시험당하고 있는 걸까? 겐고 이 녀석이 나를 떠보려고 하다니. 괜히 화가 나서 짧게 대답했다.

"오사나이가 불을 지르고 다녔을 가능성이 있는데 그냥 두고 볼 수는 없어."

"헤어졌는데도?"

"그래. 어차피⋯⋯."

발밑의 가방을 두드렸다.

"올해는 입시 준비를 해야 하는데 신경쓰이는 문제가 있으면 거추장스러워. 얼른 정리하고 공부에 전념하고 싶어."

겐고는 피식 웃더니 손을 설레설레 저었다. 그만 가보라는 뜻 같다. 주저하지 않고 걸음을 돌렸다.

*

돌아온 월요일.

겐고네 반, 3학년 E반을 찾아갔다. 방과후에 일부러 시간을 내달라고 할 만한 문제도 아니어서 쉬는 시간에 잠시 E반 교실 앞 복도에서 이야기를 들었다.

겐고에게 인간관계를 망라한 정보 수집가라는 말을 들은 터라 슈퍼마켓 비닐 봉투를 들고 이웃들과 옹기종기 모여 수다를 떠는 데 여념이 없는 여성을 상상했다. 완전히 빗나갔다. 헤어스타일은 예뻤지만 그 외에는 눈에 띄는 구석이 없는, 얌전해 보이는 여학생이었다.

요시구치라는 이름은 낯설었다. 얼굴을 마주했지만 역시 처음 보는 얼굴이었다. 그런데 요시구치는 나를 보자마자 이렇게 말했다.

"이렇게 얘기하는 거 오랜만이네."

요시구치를 교실에서 데리고 나온 겐고도 혼자 끄덕거리고 있다.

"아, 그렇지. 아는 사이였지."

겐고와 여학생과 나? 어디에 접점이 있을까? 적어도 겐고와 같은 반이었던 적은 없으니 우리 셋이 반 친구였을 리는 없다. 뭐 지혜라도 부렸나?

기억을 더듬어가다가 문득 생각이 났다.

요시구치, 나를 용케 기억하고 있었구나. 아마도 그거다. 후나도 고등학교 입학 직후 손가방을 도둑맞았던 여학생. 겐고의 부탁으로 내가 찾아주었다.

그리울 정도였다. 이 년 전에 조금 인연이 있었을 뿐인 사람의 얼굴과 이름을 과연 기억할 수 있을까? 어쨌거나 우리는 서로 아는 사이로 인식되는 것 같으니 아는 사이인 것처럼 행동하기로 했다. 싱긋 웃으며 인사했다.

"그러게, 오랜만이야. 궁금한 게 있어서."

"나한테?"

요시구치는 의아하다는 듯 고개를 갸웃거리더니 겐고를 쳐다보았다. 그 시선으로 대충 감이 왔다. 겐고는 요시구치를 소문을 좋아하는 정보통으로 보고 있지만 요시구치 본인은 그런 자각이 없는 듯하다. 재미있는 관계지만 관찰하고 있을 겨를은 없다. 쉬는 시간은 십 분이니까.

"오사나이 알아? 오사나이 유키."

"아, 응. 알아. 헤어진 여자친구 얘긴 왜?"

정말 알고 있네······.

여자친구가 아니라 상부상조하는 파트너였을 뿐이지만. 뭐, 그런 건 아무래도 상관없는 일이다.

"오사나이에 대해 아는 게 있으면 좀 알려주겠어? 특히, 그래, 2학년 우리노하고 어떤 사이인지."

요시구치가 내 말을 잘랐다.

"아, 응, 그 두 사람, 사귀고 있어."

시원하게도 말한다.

"가끔 하교도 같이 하고 데이트도 하는 모양이야."

그런 걸 어떻게 아는지 물어보고 싶었다. 무서운 일을 많이 겪어봤지만, 역시 무서웠다. 아니면 요시구치가 우연히 알게 된 사실을 자주 이야기하는 것일 뿐 알고 보면 다들 은근히 남들의 관계를 관찰하고 있는 게 아닐까? 나는 생각하는 건 좋아하지만 사람들 일에는 별로 관심이 없다. 그래서 놓치는 진리도 제법 되겠지. 그런 생각까지 하고 말았다.

요시구치가 내 안색을 살피며 의미심장하게 웃었다.

"왜? 헤어진 여자친구가 신경쓰여? 의외로 한심하네."

혹시 '고바토가 오사나이의 정보를 물으러 왔다'는 사실도 새로운 정보로 유포되는 걸까. 게다가 '미련이 철철 남은 한심한 남자'라는 부가 정보까지 붙어서.

그건 싫은데. 그런 생각을 하는데 겐고가 구원의 손길을 내밀었다.

"아니, 내가 부탁했어. 우리노는 신문부원이거든. 조고로가 오사나이의 정보를 알고 싶은 게 아니라, 내가 우리노 정보를 알고 싶어 하는 거라고 생각해줘."

꼭 거짓말이라고 할 수도 없다. 진실이 포함되어 있다. 내가 3학년이 된 것처럼 겐고도 고등학교 3학년이다. 이 녀석도 성장했겠지.

하지만 요시구치는 전혀 믿지 않는 눈치였다.

"흐응……."

뭐, 상관없나.

이걸로 용건은 마쳤다. 요시구치의 정보는 내 추리를 뒷받침해주었다. 오사나이와 우리노의 교제가 정말 연애인지, 아니면 뭔가 다른 비밀 거래인지는 모르겠지만.

"고마워. 미안해, 쉬는 시간인데."

그렇게 인사를 하고 발걸음을 돌리려 했다. 그러자 요시구치가 어리둥절한 표정으로 물었다.

"어, 그게 다야?"

"그게 다냐니, 다인데?"

"도키코 얘기를 물어보러 온 것 아니었어?"

도키코가 누구지? 어디서 들어본 이름인데.

……아, 나카마루다.

정말 누군지 몰랐다. 이름으로 부른 적이 없으니까. 하지만 어째서 지금 나카마루의 이름이? 설마…….

"설마."

중얼거리고 말았다.

오사나이, 우리노. 신문부 주도권 쟁탈전, 연쇄 방화 사건. 이 문제들의 어딘가에, 설마 나카마루까지 얽혀 있는 건가?

요시구치는 고개를 끄덕였다.

"응, 그 설마가 맞아."

"정말? 전혀 몰랐어."

어디지?

강변에서 불에 탄 자동차는 호조가 썼던 차가 틀림없다. 나카마루가 얽혀 있다면, 피해자일까? 아니면 아무것도 모른다는 듯 시치미를 떼고 있지만 사실은 신문부와 관계가 있는 걸까? 유심히 살펴본 건 아니지만 여기서 나카마루의 이름이 나오다니, 완전히 예상 밖이었다.

숨을 삼키고 요시구치의 말을 기다렸다.

요시구치는 입술에 손가락을 댔다. 입가에 웃음이 걸린 것도 아닌데 몹시 즐거워 보였다.

그런데 목소리만은 연극적으로 느껴질 만큼 동정으로 가득했다. 요시구치가 말했다.

"그렇구나. 양다리 걸치고 있어."

"……어?"

"도키코는 항상 남자친구를 갈아치우니까. 걔가 차지 않고 계속 사귀다니 드문 일이지만, 벌써 두 번째 양다리야. 실은 걔, 진짜 남자친구는 따로 있어. 대학생. 아, 그렇게 따지면 양다리가 아니라 세다리네."

무슨 소리를 하는지 감을 잡을 수가 없었다.

엉뚱해도 너무 엉뚱한, 전혀 필요 없는 정보. 하지만 요시구치가 지나치게 으스대며 가르쳐준 까닭에 미안해서라도 뭔가 충격을 받아야만 할 것 같았다. 하지만 아무 말도 할 수가 없다.

뭐, 그건 그것대로 충격을 받은 태도로 보였을지도 모른다. 요시구치는 만족스러워 보였으니 그걸로 충분할 것이다.

쉬는 시간이 끝나간다.

요시구치는 교실로 돌아갔다. 겐고가 빠르게 물었다.

"뭐 알아냈어?"

나는 고개를 살짝 끄덕였다.

"응……. 내 생각에 이건 정보 조작으로 해결할 수 있어."

(하권에 계속)

김선영

한국외국어대학교 일본어과를 졸업했다. 다양한 매체에서 전문 번역가로 활동했으며 특히 일본 미스터리 문학에서 왕성한 활동을 하고 있다. 옮긴 책으로는 『봄철 한정 딸기 타르트 사건』, 『여름철 한정 트로피컬 파르페 사건』, 『야경』, 『엠브리오 기담』, 『쌍두의 악마』, 『인형은 왜 살해되는가』, 『살아 있는 시체의 죽음』, 『손가락 없는 환상곡』, 『고백』, 『클라인의 항아리』, 『열쇠 없는 꿈을 꾸다』, 『완전연애』, 『경관의 피』, 『흑사관 살인 사건』 등이 있다.

가을철 한정 구리킨톤 사건 (상)

1판 1쇄 2017년 4월 17일
1판 11쇄 2024년 10월 23일

지은이 요네자와 호노부
옮긴이 김선영

책임편집 지혜림 | **편집** 임지호
아트디렉팅 이혜경 | **본문조판** 백주영 | **일러스트** 박경연
저작권 박지영 형소진 최은진 오서영
마케팅 정민호 서지화 한민아 이민경 왕지경 정경주 김수인 김혜원 김하연 김예진
브랜딩 함유지 함근아 박민재 김희숙 이송이 박다솔 조다현 정승민 배진성
제작 강신은 김동욱 이순호 | **제작처** 인쇄 한영문화사 제본 경일문화사

펴낸곳 (주)문학동네 | **펴낸이** 김소영
출판등록 1993년 10월 22일 제2003-000045호

주소 10881 경기도 파주시 회동길 210
문의 031-955-2637(편집) 031-955-2696(마케팅) 031-955-8855(팩스)
전자우편 elixir@munhak.com | **홈페이지** www.elmys.co.kr
인스타그램 @elixir_mystery | **X(트위터)** @elixir_mystery

ISBN 978-89-546-4506-5 04830
     978-89-546-4025-1 (세트)

엘릭시르는 출판그룹 문학동네의 장르문학 브랜드입니다.